RELATOS EN ALMERÍA (II)

José Ramón Cantalejo
Pedro Felipe Granados
Remedios Martínez Anaya
Pepe de Piedad

Narradores Almerienses •76•
Almería, 2024

© **Relatos:** José Ramón Cantalejo Testa, Pedro Felipe Sánchez Granados, Remedios Martínez Anaya y Pepe de Piedad (José González Núñez)

© **Dibujos de cubierta e interior:** Lucrecia Parra

Coordinación y dirección editorial: Juan Grima Cervantes

© **Edita:**

laVozdeAlmería

Producción: Arráez Editores, S.L.
Las Alparatas, s/n
04.638 Mojácar (Almería)
Tlfno: 950 - 479428
E Mail: *editorial@arraezeditores.com*
Web: *www.arraezeditores.com*

Con la colaboración de Cosentino, S. A. COSENTINO

ISBN.: 978-84-17578-90-9

Depósito legal: AL.: 2014 / 2024

Primera edición: Julio 2024

EL ASUNTO DESIDERIA CERVANTES

José Ramón Cantalejo Testa

Exordio

Recuerdo difusamente mi jura como abogado en 1985. El *Ilustre Colegio Provincial de Almería* no disfrutaba, como ahora, de sede propia. Mi toma de la toga se celebró en una sala cedida por los responsables de la Audiencia en la segunda planta del Palacio de Justicia de *Reina Regente*, situado junto al Banco de España, que tantas evocaciones familiares provoca en mi memoria pues, a mi abuelo paterno, que trabajó como funcionario de confianza adscrito al departamento de caja de la entidad en la madrileña plaza de Cibeles, le tocó bregar durante la Guerra Civil siguiendo en peregrinaje a la República y su gobierno. De Madrid a Valencia y de allí a Barcelona, para finalmente regresar a la capital, donde le esperaban cinco interminables años de depuración, rebajado de categoría y suspendido de medio sueldo.

Antes de la contienda se había casado, como Dios manda, con una matrona castellana, hija de tierras de buen trigo mesetario, lo que salvó a la familia del hambre en la postguerra cuando volvió al domicilio madrileño con tres vástagos, a los que logró dar estudios y carrera en el franquismo, entre ellos el mayor, que resultó ser mi progenitor y siempre arrastró, como fijación de su niñez, la experiencia de haber transitado, a los ocho años, bajo las bombas por el paseo de Gracia de Barcelona con un lapicero en el bolsillo, para morderlo si explotaban cerca, rumbo a las colas de reparto de alimentos habilitadas en el puerto de la Ciudad Condal, mientras la abuela, de amplia buchaca, tiraba de un hermano pequeño y una niña en la barriga.

Mi padre, al que hoy, ya en el declive de mi propia vida, recuerdo con amor todos los días, se licenció en Derecho por la Universidad Complutense; y perteneció a una especie que admiraba la antigua Roma, cuando la Abogacía era respetada y considerada una profesión noble, entrenada en la retórica y la persuasión.

– Hijo mío, tras los clásicos, no hay nada nuevo -decía.

– *Ben-Hur*, la película de William Wyler, atribuye a Poncio Pilato las siguientes palabras: *El hombre debe saber bien en qué mundo vive. Y, en este momento, el mundo es Roma*. Aunque los tiempos cambian y los humanos con ellos, Roma permanece como referencia: el Imperio Romano es todo lo que un día fuimos, y todo lo que el mundo siempre aspirará a ser -reiteraba en cada ocasión que se le presentaba.

Ejerció, casi hasta el final de sus días, con una provechosa trayectoria en asuntos bancarios, regentando un bufete con tres socios y una docena de colaboradores, donde me tenía reservado un sitio y probablemente la vida profesional solucionada, como el que hereda una farmacia.

Tras terminar mi bachillerato en Madrid, en el Colegio de la Salle *Nuestra Señora de las Maravillas,* hice los tres primeros cursos de la licenciatura de Derecho en el CEU, un prestigioso y selecto colegio universitario de la capital, precedente de lo que luego serían las universidades privadas, en cuyo centro «Julián Romera» me proclamé campeón de *Mus* en la cafetería, jugando con un compañero de clase y apuntes compartidos, un almeriense llamado Guillermo, que después volví a encontrar cuando la vida me trajo hasta esta ciudad, acompañándome desde entonces como amigo y colega en el Foro, con el que sigo jugando de pareja en el amarraco, que era miembro de una saga, la de *Los Langle*, imprescindible, para conocer la historia contemporánea de estos lares desde la mitad del siglo XIX.

Me licencié en plena movida madrileña y, con un título encabezado por el rey emérito bajo el brazo, para abrir horizontes, perspectivas, introducirme en el manejo de la lengua de la *Gran Albión* -sufragado por el bufete paterno-, me tocó el privilegio de vivir una estancia allende el océano, en Kansas, gozando de casa individual con jardín, vehículo propio y una matrícula semestral cerrada en el reconocido *Jhonson Coundy Comunity College*, donde congenié con la sobrina de un conocido senador del Reino que se había echado de novio a un gran tipo, Ahadian Subarto, nieto de un antiguo vicepresidente de Indonesia, que trabajaba como abogado senior en un reconocido bufete, disfrutando de *despachazo* propio en la planta 35 de un moderno edificio de oficinas del *downtown.*

Tras regresar a España, cuando bajé con unos amigos para esquiar en *Sierra Nevada*, conocí a María del Mar y llegó el amor divino. Era tan almeriense que había nacido el 28 de agosto en uno de esos años en que la fecha de su onomástica coincidió con el día de la Patrona, el último sábado antes de último domingo del mes de agosto. El suceso amatorio provocó una grave alteración en mis secreciones hormonales y, rendido a las feromonas o lo que sea, decidí no despegarme de ella, acompañándola hasta esta ciudad en la que, lo primero que hizo, fue llevarme a beber del *Cañillo* de Puerta Purchena y conocer a sus padres.

Cuando llamé a mi progenitor para decirle que me casaba e instalaba en Almería, en un tono que le salió del alma y no puedo olvidar, exclamó:

– ¡Eres gilipollas! Hubiera entendido que te instalaras en América, pero; ¿en Almería? -añadiendo convencido:

– No pasarás de ejercer en un despacho oliendo a lentejas.

Tras boda en la Catedral, banquete en *El Rincón de Juan Pedro* y celebración *after hours*, con barra libre y brasa abierta en el cortijo nijareño de mi suegro, algunos tumbos y descartes, me dispuse a levantar la antorcha de la segunda generación familiar en la abogacía, tan distante de la protección paternal que se me brindaba.

– Hijo mío: ¡A lo hecho, pecho! -me dijo susurrando durante la boda mientras, sin más remedio, ejercía de padrino en el altar catedralicio.

El encargo

Entre las múltiples asociaciones profesionales que se han sucedido a lo largo de mi devenir en la toga, tuve la fortuna de transitar, en los inicios y durante una larga temporada, con una abogada inglesa bastante bohemia, que había decidido instalarse en la *Axarquía* almeriense, convalidando su título, expedido por la Universidad de Birmingham, para poder ejercer en España mucho antes del *Brexit*, con lo cual garantizábamos la atención en inglés a nuestros clientes, algo bastante novedoso y con gran proyección en aquellos años en los que empezaba a formarse la extensa colonia británica que hoy en día nos acompaña. Todo estaba listo para que se cruzara en mi bisoña carrera profesional el *Asunto Desideria Cervantes*.

La relación establecida en Kansas con Ahadian Subarto determinó, de forma absolutamente imprevista, mi estreno en el ejercicio de la carrera cuando se puso en contacto conmigo para proponer una colaboración profesional con su bufete americano en la tramitación de la herencia de los descendientes de un tal Elías Falac, comerciante francés que, según la información obrante en su poder, conseguida gracias a los archivos que habían transcrito y conservado durante siglos los rabinos del templo al que acudía en París la comunidad sefardita, salvados milagrosamente de la quema durante la ocupación alemana de Francia en la Segunda Guerra Mundial, cuando fueron trasladados subrepticiamente a la gran sinagoga de New York, en los que figuraba inscrito en hebreo el matrimonio de Elías Falac con su esposa הדֵיסִזֵ, en francés *Desirée*, de apellido Falac, de soltera Cervantes, nacida en Almería el 13 de noviembre 1897.

– La carrera profesional, como todo, está sujeta a las oportunidades que se presentan. Triunfan quien saben aprovecharlas y para ello es imprescindible gozar de confianza en uno mismo, ser valiente y algo de suerte -aseveró mi padre cuando, como hacía siempre entonces, le comenté el asunto que me traía entre manos.

Por primera vez en la vida me enfrentaba a un asunto real, con complicaciones inimaginables hoy en día pues, en aquellos finales de los ochenta, no contábamos con un móvil conectado a Internet encima de la mesa, el *email* saltando a un ritmo vertiginoso y ordenadores casi cuánticos. Entonces, tocaba encerrarte en el despacho con una máquina de escribir, sin fotocopiadora y teniendo que esperar tono para establecer línea telefónica para una llamada transoceánica a unos precios inasumibles para nosotros, que cobrábamos los suplidos tras la recepción en los Estados Unidos de las facturas originales previamente remitidas a nuestra costa por correo certificado internacional.

– ¿Papá? Necesito mil pesetas para pagar el teléfono -le solté.

– ¿Llegará el día que te apañes solo? -Dijo, añadiendo inmediatamente mientras lanzaba un suspiro-. ¿Dónde te hago el giro?

Los americanos, que ya venían trabajando en el asunto con sus grandes medios y contactos, querían que nuestro bufete colaborara aquí, sobre el terreno, para localizar cuanta información fuera posible sobre la antepasada de sus clientes, si había otorgado testamento y su posible contenido, así como averiguar si existía masa hereditaria colacionable y algún otro heredero en Almería, todo ello para terminar consultando las posibles implicaciones fiscales que afectaran al asunto. Para ello, nos facilitaron un complejo y medido poder general de pleitos y gestión en España, otorgado con la intervención del Consulado español en Kansas.

Tras deducir que Desirée Falac no podía ser otra que Desideria *Cervantes,* empezamos investigando en cuantos registros se pudieran encontrar datos fehacientes sobre la misma, lo que, tras un arduo trabajo, dio como primer resultado la localización de la partida de nacimiento de la interfecta, gracias a la que pudimos confirmar su venida al mundo aquí, en noviembre de 1897, lo que coincidía con los archivos de París, a lo que conseguimos añadir que sus progenitores fueron don Juan Cervantes Ledesma y doña Rocío Moya Oña. También nos hicimos con la partida de defunción, constatando que falleció en la capital el 17 de abril de 1968.

El siguiente paso fue solicitar al Registro General de Últimas Voluntades de Madrid información sobre la existencia de algún testamento de la finada, por cuya respuesta se supo que había otorgado uno, a cuya copia se pudo acceder gracias a nuestros poderes y lo remitimos de inmediato a los Estados Unidos junto a varias notas extensas de bienes relacionados con los Cervantes obrantes en el Registro de la Propiedad, en las que se pudo constatar que Desideria se había beneficiado, en los años 50, de una sustanciosa herencia procedente de sus ancestros almerienses, cuyo contenido, que cualquiera podría consultar acudiendo a los registros, no desvelamos por estar sujeto al secreto profesional al que, como abogados, estamos sometidos...

Esta gestión fue la última en la que nos ocupamos pues, casi sin darnos cuenta y muy amablemente, un reputado bufete de la capital nos pidió la cesión de poderes en el asunto, cuando alguien decidió que nos venía grande.

Pero, *fueraparte*, lo que sus herederos nunca conocerán, al menos hasta que lean estas notas, es que, gracias a la relación con Guillermo

Langle, mi pareja de mus en Madrid, otra vez cruzándose en mi vida, que también se había licenciado acomodándose en el bufete regentado en segunda generación por su padre, al que un día en los juzgados le comenté el encargo del asunto de marras, me puso al tanto sobre la existencia de un archivo profesional iniciado por su abuelo Plácido, que conservaba en un espacio que iba a necesitar para su proyecto de modernización del bufete y del que pensaba deshacerse donándolo a la Universidad, en el que igual podría haber algo sobre el tema.

Así que, antes de que culminara la donación a favor de los fondos universitarios, *in vino veritas,* con una botella de *Cardhu* por medio, nos pusimos una tarde a bucear entre los cientos de legajos que allí se conservaban en cartapacios de cartoné con lomera de vitela, anudados con cintas de seda roja bastante decoloradas, ordenados por años y cuyo contenido se anunciaba sobre tejuelos en *moiré* azul. De una manera casual e inesperada, topamos con uno signado bajo el epígrafe: *Familia Cervantes. 1915,* a cuya apertura nos entregamos embargados de una gran emoción, superior incluso a la que invade cuando, al final de un torneo de mus en el que vas remando en contra, *yendo de mano* y mediante un imperceptible guiño, logras pasar a tu pareja la seña de las *treinta y una al juego.*

Desde el punto de vista de la investigación jurídica en relación con el asunto, resultó de especial interés el hallazgo de una memoria manuscrita sobre el encargo, recibido por su ilustre abuelo, para legalizar el enlace civil entre Desideria Cervantes y Elías Falac, en el que figura una copia de las capitulaciones matrimoniales otorgadas en Almería el 17 de abril de 1917 ante don Evaristo Romero, Notario del Colegio de Granada, en las que resulta instituida la plena separación de bienes entre los cónyuges y que la herencia de la esposa, de acuerdo con la tradición sefardita, sería de su absoluta disposición, resultando liberada expresamente del régimen general común de legítimas que, salvo en las comunidades aforadas, subyace desde la instauración del Derecho Romano en España.

Tras la ingesta del cuarto o quinto chupito de malta escocesa, nos resultó muy provocador el encuentro con un sobre, encartado entre los legajos, con la inscripción: *Don Juan junto a su hija Desideria*, en cuyo interior nos sorprendió una imagen. Se trataba de una postal coloreada donde se podía observar un grupo de mujeres afanadas en la tarea uvera, posando en el patio de un almacén de Almería, en cuyo borde derecho, marcados con un círculo en lápiz rojo, destacaban dos figuras que han resultado ser la única imagen conocida del señor Cervantes con su niña. El descubrimiento, vale más una imagen que mil palabras, incentivó en mi espíritu un irrefrenable interés en transitar por su biografía.

Todo los documentos citados los conservo, como una joya de mi archivo, gracias a Guillermo, que me los obsequió aquella misma tarde tras terminar, mano a mano, con el *Cardhu* de marras y la generosidad que siempre le ha caracterizado.

Desideria Cervantes

Desideria, a la que todos llamaban Desi, nació bajo el signo de escorpión, en el seno de una amplia familia acomodada en el negocio uvero, Los Cervantes, que habitaban un amplio caserón burgués, de los que proliferaron tras el derribo de las murallas de la ciudad perpetrado en 1855, sobre el espacio ocupado desde la época califal por la *Puerta del Mar*, en unos terrenos intramuros donde, según las crónicas, se situó el palacio que, hacia 1340, había construído la famosa Malika Ben Salvador, conocida popularmente como «La Corsaria de Pechina».

Su padre, don Juan Cervantes Ledesma, aparece como fundador y miembro activo de la *Asociación Uvera*, la *Junta de Defensa del Comercio* y *el Liceo Artístico* que, por entonces, presidía su amigo y abogado Plácido Langle Moya. Aquella Almería que, en determinadas épocas del año, necesitaba contar con una nutrida mano de obra para satisfacer en el momento adecuado las tareas de la cotizada uva de embarque, que se exportaba a toda Europa desde el Puerto. Entre jornaleros de la poda, tala e injertos, muleros, alambradores, engarpadores, limpiadoras, emporronadoras, arrieros y otros varios adosados, Desi, tras acudir a clase en la reputada academia para señoritas de don Pantaleón Aguado, y como tantas adolescentes de la época, echaba una mano en el almacén que regentaba su progenitor, destacando desde niña por un espíritu inquieto y aventurero que se hacía patente cuando asistía, en el palco de su padre, a los festejos que se celebraban en la plaza de toros de la *avenida de Vilches*, en cuya sociedad promotora también figuraba don Juan, al que acompañaban asiduamente amigos y conocidos personajes de la sociedad local como, entre otros, su inseparable abogado.

Desi, que no se perdía ni un solo espectáculo, llegó a expresar en alguna ocasión, más bien para provocar a los que la rodeaban, su intención de dedicarse a la tauromaquia, aunque la peregrina idea le duró muy poco, justo hasta que, tras asistir a una corrida en la que actuó la torera María Soriano, *«Sorianita»*, asistida de dos mozas banderilleras, Lola Prats y Asunción Gregori, tuvo que sufrir al día siguiente las bromas de su padre, cuando leyó en voz alta la sección taurina que habitualmente publicaba el diario *La Crónica Meridional*, que rezaba: «No hicieron nada de particular. Antes, al contrario, sirvieron de guasa al público que con muchísima razón las mandó muchas veces a que fueran a zurcir ropa o preparar el cocido».

– ¡Qué! ¿Sigues con ganas de hacer el ridículo como la dichosa *«Sorianita»*? -Dijo don Juan sin poder aguantar la risa.

Durante los festejos taurinos en Almería, es conocida la tradición de interrumpir la corrida para celebrar meriendas en mitad del espectáculo, lo que, entonces, en los palcos, se convertía en una fiesta de categoría *gourmet* donde se presentaban para su consumo gambas y cigalas de la bahía cocidas, medianoches rellenas con embutidos de recebo y quesos importados, para acabar degustando tocinitos de cielo y pastelillos selectos, todo ello regado con abundante *Champagne* y vinos espirituosos, refrescados con hielo reservado para el evento veraniego en los neveros de la *Ragua*.

Durante el transcurso de la investigación sobre la familia Cervantes tuve acceso a unas notas manuscritas, posiblemente apócrifas, obrantes en una importante biblioteca particular de la provincia, atribuidas al abogado y escritor costumbrista Ángel Castañedo Oña, autor de la impagable obra *Torerías de la Tierra*, a la sazón primo hermano de la madre de Desi, que nos ilustran sobre el ambiente taurino de la época y narra alguna sabrosa anécdota relacionada con aquellos eventos:

> *La merienda es servida en los palcos por unos mozos ataviados con chaquetillas blancas abotonadas en latón abrillantado, pantalones negros impolutos, el cabello engominado y la barba recién apurada, que actúan como sumisos camareros y cuya misión incluye, en algunos palcos, el ofrecimiento a los señores que discretamente lo solicitan, del contenido de una caja de plata, de las que se usan para servir los cigarros habanos, sobre la que algunos asistentes se inclinan como si quisieran apreciar el aroma del tabaco, lo que resulta un poco raro pues repi-*

ten dicho acercamiento olfativo en bastantes ocasiones durante la corrida y siempre, cada vez, terminan sonándose con un inmaculado pañuelo blanco.

En las mismas y extensas notas encontramos una pormenorizada descripción del ambiente en el coso y sus personajes, los propietarios, familias e invitados, entre las que escribe, refiriéndose a su sobrina Desi:

Cuenta con una especial afinidad con el flamenco, dobla las palmas al compás con absoluta naturalidad. Además, toca las castañuelas y se esfuerza en aprender a tocar la guitarra de la mano de Gaspar Vivas, celebrado guitarrista de la tierra, autor del popular «Fandanguillo de Almería».

El amor

¡Y lo que tenía que pasar, pasó! De la manera más espontánea llegó *Cupido* cuando se cruzó en su camino un joven moreno, alto, bien parecido, elegante, de aspecto impecable, que se expresaba en un lenguaje culto dotado de una musicalidad desconocida para ella.

El flechazo se disparó durante una visita de negocios cursada al almacén de su padre por quien resultó ser Elías Falac, nacido y vecino de París, huérfano de padre desde los 18 años, perteneciente a la alta burguesía de la capital francesa como heredero de una familia francesa de origen sefardí instalada desde tiempo inmemorial en la ciudad del Sena, que conservaba y hablaba en familia un español pleno de antiguas reminiscencias sonoras.

El joven, que había sucedido al padre en la llevanza de un negocio de importación, transformación y comercio de frutos secos distribuidos con gran éxito en toda Europa, había ampliado el inventario de «Falac&CIA» con las pasas de Corinto y los dátiles tunecinos, desembarcó en el puerto de la capital con la intención de extender su actividad con la resistente uva de embarque cultivada en el *Valle del Andarax*, en la primavera de 1914, que resultó la última sin guerra pues, en agosto, estalló el primer conflicto mundial.

El amor, junto a la facilidad de poder continuar sus negocios desde Almería en pleno auge de exportación uvera, la oportunidad de introducirse en los negocios mineros que florecían en la Sierra de Gádor, los extraordinarios contactos internacionales, su condición de judío y la neutralidad ibérica, le decidieron a permanecer en la ciudad instalándose en un hotel del *Paseo del Príncipe*.

El paso de la contienda fue dulce noviando entre zalamerías en aquella floreciente Almería, hasta que, durante la *Feria de la Virgen del Mar* de 1916, tras hablar seriamente con don Juan, pidió la mano de Desi.

La boda civil se celebró ante el cónsul francés en Málaga en octubre de 1917, cuando Desi contaba 20 años y Elías 30, con una ceremonia de postín a la que asistieron numerosos y notables invitados almerienses embarcados a bordo de un vapor, de los que habitualmente cubrían la línea de Almería a Málaga, fletado al completo para la ocasión por el feliz padrino. No faltaron a la boda, Olga, la madre del novio, y Abraham, el menor y único hermano de Elías, que llegaron tras viajar en tren desde París hasta Marsella, donde se acomodaron en un buque de cabotaje con destino final en la capital malacitana en la que fueron recibidos por el novio y la familia Cervantes al completo.

París

Tras finalizar la contienda europea, en diciembre de 1918, el matrimonio Falac-Cervantes se mudó a París, instalándose en la lujosa residencia parisina de la familia Gala, cerca de la *Gare du Nord*, en *Faubourg Saint-Denis*, junto a su cuñado Abraham y su anciana suegra, con los que conectó rápidamente adaptándose a unas costumbres conservadas por los sefarditas desde la expulsión de los judíos por los Reyes Católicos.

Siguieron años de felicidad matrimonial y Desi disfrutó plenamente de su experiencia parisina implicándose en la llevanza del negocio, el aprendizaje del idioma galo y, sobre todo, a cumplir con su anhelo de maternidad gestando en su vientre a los gemelos Elías y Enrique Falac, nacidos y circuncidados en la Sinagoga en 1922, mientras Benito Mussolini se convertía en *Duce* de Italia.

Un hecho singular, que resultaría determinante en su vida, fue la relación con su cuñado Abraham, bohemio personaje, pianista y compositor, que se ganaba el sustento tocando con una orquesta ligera muy conocida en el mundillo de los cabarets parisinos, en plena eclosión de los *locos años veinte*, que después emigraría a New York triunfando en *Broadway*, de cuya mano, demostrando su gran facilidad, aprovechó para aprender a tocar la batería y sus ritmos básicos, llegando incluso a presentarse con el grupo musical en un Cabaret de *Pigalle,* pese a las reticencias de su marido, preocupado por los posibles dimes y diretes de la conservadora comunidad judía asentada en la ciudad del Sena.

Fue aquella una época de gran expansión internacional para los negocios de Elías que siguieron creciendo en toda Europa con la diligente ayuda de Desi y la incorporación a su catálogo de la *uva de Ohanes* aprovechando, en beneficio mutuo, sus privilegiados contactos con la familia de su mujer que, de paso, facilitó notablemente la introducción de *Falac&Cia* en los negocios mineros, especialmente del hierro, que llegaba a su máximo esplendor en esta tierra con el rearme alemán.

La gran pasión de Elías, a la que se dedicó en cuerpo y alma, fue el coleccionismo sobre lo que publicó, bajo el pseudónimo de *«Le Corse d`Àlboran»,* algunos artículos especializados en la reputada *«Gazette du Coleccionisme»,* por los que sabemos que, entre otras, reunió una exclusiva colección de etiquetas de uva de barril gracias a las recopiladas durante su estancia en Almería y a las que su suegro le remitía regularmente, que se enriqueció notablemente con ejemplares de los toneles almerienses que eran reexpedidos por ferrocarril desde el Puerto de Marsella a media Europa tras ser reetiquetados en Francia con la leyenda: «Falac&Navarro. Fines Almería grapes. Faubourg Saint-Denis. París», impresas en la capital gala por encargo del coleccionista sobre diseños originales de diversos artistas plásticos con los que se relacionó asiduamente y despuntaron por aquellos años en París.

Aquellos coloridos diseños, plasmados sobre piedras litográficas, son casi imposibles de encontrar hoy en día. Hace unos cuantos años salió a subasta en Londres una de aquellas etiquetas, diseñada y firmada por Picasso, que se adjudicó un coleccionista anónimo por un cuarto de millón de euros. No ha vuelto aparecer ninguna, aunque está documentada la existencia de algunos ejemplares esbozados por el pintor *zurgenero* Ginés Parra Menchón que, por entonces, también residía en la capital francesa y confraternizaba con el ilustre malagueño.

Aún trato con Ahadian Subarto, gracias al cual me he mantenido informado sobre los avances del bufete de Kansas en la localización y devolución a sus legítimos herederos, de las valiosas obras de arte que figuraron en las colecciones reunidas por Elías Falac que han aparecido en los últimos años ofertadas en algunas subastas y expuestas en museos europeos, entre las que se incluyen obras de Henri de Toulouse-Lautrec, Vincent Van Gogh o el propio Pablo Picasso.

La Segunda Guerra Mundial

En los primeros días del mes de septiembre de 1939, mientras se celebraba el éxito de Judy Garland en *El Mago de Oz*, Alemania desencadenó un ataque masivo con bombarderos contra Polonia. En junio de 1940 las tropas alemanas entraron en París. El 22 del mismo mes, Francia capituló en el mismo vagón de tren en el que los alemanes se rindieron al finalizar la Primera Guerra Mundial.

Quedaban lejanos los días en que, por los *decretos de Núremberg*, se había privado a seiscientos mil judíos de la nacionalidad alemana. La invasión de la URSS, en junio de 1941, dio al problema sus verdaderas dimensiones. En los territorios ocupados por la *Wehrmacht* en Polonia, Ucrania, Bielorrusia y los Estados Bálticos, vivía una población judía de varios millones de personas ante lo que, el jefe de las SS, Heinrich Himmler, dio orden de *tratar* las tierras nuevas conquistadas. Así comenzó la «solución final» por la cual, el líder del partido nazi y los constructores del «Reich de los mil años», decidieron desembarazar a su imperio de los judíos y, no consiguiendo que emigrasen todos, resolvieron exterminarlos.

Culminado el desembarco de las tropas alemanas en las calles parisinas, Elías Falac desapareció para siempre tras ser citado por la *Gestapo* con la excusa de cumplimentar unos impresos en la *Préfecture de Police* en febrero de 1942. Nunca más se supo nada de él, como si se hubiera volatilizado, pese al sinvivir de Desi, que no dejó sin tocar palillo alguno para intentar la liberación de su marido, sin conseguir auxilio alguno de la embajada de Franco, ni de los conocidos de su familia, ni de cuantos se relacionaron de alguna forma con ellos, todos atenazados por el miedo que imperaba por entonces en torno a la comunidad judía.

Desi quedó viuda, sufriendo las miserias de la guerra junto con los gemelos y su suegra Olga, no teniendo más remedio que hacerse cargo de lo que quedaba de la anciana y del negocio, pues los gemelos, que con 20 años pudieron y no quisieron huir a la España neutral al amparo de su familia almeriense, abandonaron el domicilio y se comprometieron con la resistencia francesa, sobresaliendo ambos en la contienda hasta llegar a ser condecorados como héroes de la República.

El joven Elías Falac Cervantes se retiró junto con los aliados en Dunkerque y participó con las tropas de la Francia libre en el desembarco de Normandía, sobreviviendo a la guerra y haciendo carrera en las fuerzas armadas con las que, como militar, se implicó en el desarrollo de la carrera por la bomba atómica gala, emigrando finalmente a Israel en los años cincuenta, donde también formó parte del equipo que gestionó el despegue nuclear del estado sionista y cuyos descendientes han llegado a ejercer altos cargos en diferentes gobiernos.

Su gemelo, Enrique, se unió a la resistencia coordinando grupos de españoles exiliados en Francia tras nuestra guerra civil. Terminó en los Estados Unidos, instalado en Nueva York con la ayuda de su tío Abraham, el músico, hasta que se trasladó a Kansas engendrando una nutrida prole.

Aunque Desi recuperó durante la ocupación alemana el uso de su apellido Cervantes, que aún permanecía impreso en su pasaporte español, de nada le sirvió cuando el día de año nuevo de 1944, a las seis de una fría mañana y como consecuencia de alguna denuncia anónima, fue detenida en su domicilio junto a su suegra e introducida en un camión entoldado que ocultaba a sus aterrorizados ocupantes de las miradas de los escasos y ateridos transeúntes que apenas volvían la cabeza al cruzarse con ellos.

Auschwitz

En el campo de concentración de mujeres de *Auschwitz-Birkenau* hubo una orquesta exclusivamente femenina. La idea se le ocurrió al comandante del campo, Josef Kramer, contó con la *SS-Oberaufseherin* María Mandel como valedora y la dirigió Alma Rose, sobrina del compositor Gustav Mahler, que pudo contar entre sus intérpretes con algunas muy célebres, como Anita Lasker-Wallfisch (chelo), Esther Bejarano (acordeón) y Fania Fénelon (piano y canto). La historia de la orquesta femenina de *Auschwitz* ha inspirado novelas, documentales, dos largometrajes y una ópera.

El grupo tocaba cada vez que llegaba un grupo de deportados, salía un destacamento de prisioneros o cuando a los comandantes de las SS les venía en gana para relajarse en su ardua tarea, como Josef Menguele, gran amante de la música clásica, asiduo espectador de los conciertos musicales.

Tras cincuenta horas terminó un viaje a bordo de furgones cerrados, propios del transporte de ganado, con nula aireación, encharcados en sus propias excrecencias, sedientos y hambrientos, muchos enfermos y algunos muertos, que ofrecían un indecoroso espectáculo. Como bienvenida, unos *boches* armados hasta los dientes, provistos de perros furiosos, con órdenes a gritos en alemán, impelían a los pasajeros a salir de los vagones, reprimiendo cualquier mínima resistencia azuzando los canes y repartiendo culatazos con sus *máuser* a los desgraciados que, según iban descendiendo, eran invitados a despojarse rápidamente de todas sus pertenencias y depositarlas sobre unos carromatos que retiraban unos espectros esqueléticos. Estaban en Auschwitz.

Desi sujetó lo que quedaba de Olga hasta que los guardias las separaron a empujones, obligando a la anciana a subir a uno de los camiones que allí aguardaban. Nunca más volvió a verla. A los que eran enviados directamente a las cámaras de gas no se les registraba por lo que, en realidad, fue una suerte que la almeriense resultara tatuada, indeleble y dolorosamente, con un sello metálico de números intercambiables, compuestos de agujas de un centímetro de largo, pues solo se daba un número de serie a los prisioneros seleccionados para alguna función productiva, servir a experimentos varios o solaz de carceleros sin escrúpulos.

La española fue compelida a una interminable cola de mujeres que comenzó a caminar sobre la nieve sin que ninguna conociera su destino. Tras ser marcadas en su piel y registradas impúdicamente, pasaron a un barracón, dotado con maquinillas de rapar animales, en el que perdió su ensortijada melena morena, arrojada y confundida en una montaña de cabellos de todos los colores y texturas. Luego, tras ser obligada a quedarse en cueros, fue sometida a una ducha de agua fría mezclada con unos polvos, cuyo olor le recordó al *zotal* con el que desinfectaban el almacén paterno del parque almeriense, camino de pasar un reconocimiento tras el que, si no resultaba apta, le hubiera colocado camino a una cámara de gas. Finalmente, tras ser envuelta en harapos, terminó encerrada en un sombrío y nauseabundo habitáculo, amueblado con largas filas formadas por tres pisos de literas, en donde se hacinaban apretadas, famélicas y tiritando de frío, cientos de mujeres.

Pronto, al cabo de dos interminables días, sucedió algo que marcaría su supervivencia, cuando una mujer entró en el barracón anunciando en francés que buscaban alguna interna para hacerse cargo de la percusión en la orquesta del Campo. Desi, desconocedora de la propia existencia de la misma y aprovechando inmediatamente la oportunidad que se le ofreció, levantó la mano. Se la jugó aceptando la propuesta de una aventura cuyo final nadie podría prever.

Resultó ser una auténtica superviviente esmerándose en su papel a cargo de la percusión en la orquesta. Desde las castañuelas a los platillos, pasando por el bombo, la caja o el triángulo, pues se trataba de un grupo privilegiado en el centro de exterminio, cuyas intérpretes gozaban, entre otros beneficios, de un refugio especial con suelo de madera y estufa para los instrumentos musicales de la que se aprovechaban, recibiendo unos cuidados mucho mejores que el resto de prisioneros, lo que se hizo patente cuando contrajo unas fiebres tifoideas y un sargento alemán, encargado en cuerpo y alma de la logística musical del campo, a quien describían como *una bestia repugnante*, se aseguró de que pasara a la enfermería dispuesta para la tropa alemana, lo que resultó providencial para la almeriense cuando el *boche* le dejó dicho a un médico, en un tono que no dejaba lugar a dudas:

– ¡ Si no la curas, te pego un tiro!

Desi Cervantes fue finalmente liberada de su cautiverio en *Auschwitz* por los *«Tommies»* en abril de 1945.

Almería

El caso es que aquella niña, que doblaba las palmas en un almacén de uva de embarque en los aledaños de la *Puerta de Mar*, volvió a España en 1956, arreglándose un *chalecico*, heredado de su familia, en la *playa de San Miguel*. Desde entonces, hasta su fallecimiento con 71 años en 1968, muchos la recuerdan paseando por la playa del *Zapillo*, en la que se bañaba agarrada a las rejas de *la Térmica*, por donde el agua caliente fluía hacia el mar tras refrigerar los generadores de electricidad que allí funcionaron.

Muchos de los que la trataron en Almería, le preguntaban por el significado del número que, sin disimulo, lucía tatuado en su antebrazo derecho, a lo que siempre contestaba:

– ¡Un capricho de juventud!

Epílogo

Aquel encargo profesional, el *Asunto Desideria Cervantes*, resultó ser el detonante que alimentó mi curiosidad por buscar en la vida y milagros de un personaje tan atractivo y poco tratado por la historiografía almeriense. Es posible que en el futuro, si encuentro tiempo y el debido interés, publique las notas que he ido recopilando y hoy quedan en el tintero sobre la historia de resiliencia que adorna a nuestra percusionista de *Auschwitz*. A nuestro modo de ver quedan muchas incógnitas significativas para completar un esbozo sobre tan interesante existencia, alguna de las cuales resultan incomprensibles, como el evidente desapego tras la Guerra Mundial con los gemelos Elías, Enrique y sus descendientes en USA y Palestina.

Quizá tuvo que ver el que Desi jamás alcanzara la nacionalidad francesa, conservando siempre la española de origen. Tampoco fue reconocida la unión matrimonial civil celebrada ante el Cónsul francés en Málaga, ni sus hijos fueran inscritos como tales en España durante los cuarenta años posteriores al final de nuestra Guerra Civil.

¿Qué ocurrió en París entre su liberación del campo de exterminio en 1945 y la reaparición en Almería allá por 1956?

¿Tuvo algo que ver en el alejamiento de los gemelos Falac un conflicto con la familia Cervantes sobre el patrimonio minero adquirido aquí por el empresario francés en los años veinte, cuyas acciones al portador no aparecieron jamás y, sin que se sepa como, terminaron formando parte del capital de una poderosa multinacional francesa, la misma que construyó en Almería el conocido «Cargadero francés» que hoy aún sobrevive en la bahía almeriense?

No dejaría de tener interés documentar la biografía de Desi desde el retorno a nuestra ciudad hasta su fallecimiento al final de los sesenta, tema sobre el que hemos podido recoger testimonios orales de quién aquí la trató personalmente, de los se pueden deducir pistas sobre el destino de la herencia de Desi por la que se interesaron los Falac a través del bufete americano, cuando afirman que convivió, *more uxorio* y hasta el final de sus días, con un reconocido pintor almeriense, que la sobrevivió sin abandonar nunca la casa de San Miguel, muy cercano e implicado con el *Movimiento Indaliano* desde sus inicios en el salón de la primera planta de la *Granja Balear*, al que asistía junto a Desideria, tal y como resulta reseñado en unas notas de Celia Viñas obrantes en el archivo de uno de sus más señalados discípulos, el letrado y escritor Pedro Antonio de Torres Rollón, que llegó a mi poder cuando, tras su fallecimiento y mi empeño en que no se perdiera, lo adquirí por cuatro duros al responsable de la limpieza, *post mortem*, de su chalet en *Costacabana*, salvado, como tantos otros, justo antes de que terminara en un vertedero.

ALONSO Y EL GATO QUE RECIBIÓ UNA PENSIÓN DE LA REINA DE INGLATERRA

PEDRO FELIPE GRANADOS

La rambla

Un trueno, prolongado en ecos intermitentes, resuena distante rambla arriba, hacia la Boca de Oria, negra de nubes amenazadoras. Alonso está sentado en el muro que separa la plaza de Albox del cauce y la protege, junto al resto del pueblo, de los embates furiosos de las avenidas que, en época de lluvias, amenazan con inundar el espacio urbano. Bajan las aguas turbias con detritos de todo tipo, restos de escombros, retamas y cañas, arrastrados por una crecida que se desliza, ya mansa y sin prisa, como cansada, desde su lejano origen en la sierra de las Estancias. Esta tarde no baja tanta agua como en el 73, cuando se produjo un desastre con daños incalculables, luctuoso episodio que recogieron la prensa y las imágenes televisivas, además de quedar plasmado por Diego Granados en el libro hondamente testimonial *Historia de una tragedia*.

El discurrir de las aguas ejerce un efecto hipnótico en Alonso. Permanece sentado en el mismo lugar desde hace más de una hora, y al compás del agua desfilan por su mente imágenes de otras avenidas, quizá más frecuentes o quizá más recordadas porque forman parte del territorio sentimental de su infancia. Aquellos años en la casa familiar de la abuela Aurora, unos kilómetros rambla arriba, en el Llano del Espino. Veranos interminables de baños en la acequia de aguas enfriadas al pasar por las minas umbrosas. O en el pozo del molino de Frasquito, donde el agua se remansaba en lo alto para desplomarse en tromba varios metros más abajo y mover las pesadas ruedas de molturar el grano. Un baño peligroso, que los niños sorteaban atándose, para no ser arrastrados, una cuerda en la cintura que aseguraban al tronco de un álamo crecido junto al brocal del pozo.

La corriente prosigue su ruta hacia la desembocadura en el Almanzora, mientras Alonso continúa invadido por un torrente de imágenes y palabras que al paso del tiempo desprenden magia. Recuerdos de gentes y lugares, de familiares y amigos orillados en el olvido por el transcurso imparable del tiempo: la Terrera Alcayna, imponente y misteriosa cuando de madrugada pasaba junto a ella para coger el tren en la estación de Almanzora, el Llano de las Ánimas y el de los Olleres, la Fuente de las Mercedes, el Llano del Espino, la tienda de Alfredo Granados, la Venta de Tomás Cincuenta...

Durante años, Alonso estuvo escribiendo Llano de los Pinos en el remite de las cartas que su abuela le pedía enviar a los familiares de Almería y Granada. Era un niño con buena letra, y ella premiaba esta labor amanuense con galguerías de chocolate y dulces a los que era aficionado. Y con alguna que otra peseta extraída con cuidado de una misteriosa faltriquera que guardaba parte de sus mermados caudales. Alonso la introducía inmediatamente por la ranura de la alcancía para, cuando los ahorros se lo permitieran, comprar una bicicleta Orbea con dinamo y faro incorporados, a la que le tenía echado el ojo en una tienda del pueblo.

Cuando comprobó que por aquella zona no había ningún pino, las cartas volvieron a su denominación de Llano del Espino. Su abuela, una mujer menuda y dispuesta, con ardiles, a la que todos llamaban «madre» con respeto; una mujer con escasa formación escolar que gustaba de ojear «los santos» en las páginas de revistas como «Semana» y «Lecturas» que le llevaban a la casa común donde vivía y donde había nacido buena parte de la familia.

En esta contemplación ensimismada desde su atalaya en el muro, Alonso evoca el sonido bronco de las caracolas que en cada casa de las orillas del cauce se conservaban de generación en generación para alertar a los cortijos sobre la tromba de las aguas embravecidas que, con inusitada furia, se llevaban por delante lo que hubiese entre ambas orillas, fuesen arbustos, personas o animales. Por entonces, la comunicación del Llano con el pueblo, y de Albox con Oria, se hacía a través de la rambla por una carretera polvorienta durante la mayor parte del año, que se borraba tras cada crecida y volvía a dibujarse, nunca con idéntico recorrido, con el tráfico de carros y caballerías que acudían al pueblo, especialmente los días de mercado. Un trazado que abrían, para los coches de viajeros, los camiones y las *rubias* de Los Cananos, titulares de la ruta desde la estación ferroviaria de Almanzora a los pueblos de Albox y Oria.

A pesar de sus esfuerzos, nunca logró hacer sonar la polvorienta caracola guardada en una cámara de la casa familiar. Inflaba los carrillos, soplaba con todas sus fuerzas hasta que se le hinchaban las venas, pero sin extraer sonido alguno. En cambio, le parecía oír dentro de ella como un mágico portento, acercándola con cuidado a una oreja, el manso ruido de las olas marinas. Todo un misterio al que no encontraba explicación.

El gato

Inmerso en la avalancha de recuerdos que se le acumulan como una riada emotiva, Alonso apenas se da cuenta de unas imperceptibles gotas de lluvia, arrastradas por un vientecillo frío, que le están mojando la cara y la ropa, provocándole pequeños escalofríos. Despertado de su ensoñación, decide regresar a casa. De pronto, nota la presencia de algo que se mueve arrimado al pantalón. Gira la vista sorprendido y se encuentra con un gato pequeño que lo mira fijamente sin asomo de suspicacia ni miedo. Es pelirrojo y sus ojos verdosos lo escrutan como si esperase algo de él. Lo primero que le viene a la mente es el recuerdo de un verso de Quevedo: «ni perro ni gato de aquella color», una de las muchas prevenciones del escritor contra casi todo ser viviente, fuese persona o animal. No parece uno de esos felinos callejeros que se buscan la vida entre restos y desechos. Aparenta estar bien alimentado y lleva, además, un pequeño collar que apunta la idea de que tiene amo.

Alonso mira a su alrededor por si se le ha escapado a algún vecino. Pero no ve a nadie en la plaza, ahora vacía por la tormenta inminente, que pueda darle noticia del animal. Tras aguardar un rato, y como la lluvia arrecia por momentos, decide acercarse al Ayuntamiento para intentar devolverlo a su dueño. Ya en el edificio municipal con el gato sumiso bajo el brazo, pregunta a un conserje a dónde puede dirigirse para averiguar quién es el dueño del animal. El ujier lo deriva a la oficina de policía municipal, donde el guardia lo somete a un pequeño interrogatorio. Que quién es y qué hace en el pueblo. Que el gato lo ha encontrado en el muro de la rambla y desea devolvérselo a su dueño. No, no es suyo, pero no quiere dejarlo abandonado. Que es profesor en Granada, está de vacaciones y dentro de unos días debe viajar fuera para una estancia profesional y desea que el gato extraviado vuelva a donde pertenece. Que está bien cuidado y por tanto puede deducirse que no es callejero y tiene dueño. Que desconoce la existencia de una organización protectora que pueda hacerse cargo. Y que si no la hay, en modo alguno quiere abandonarlo en la calle a su suerte. Pues si no quiere abandonarlo, ni se encuentra al dueño, tendrá que quedárselo. Aquí no podemos resolverle su problema.

Alonso regresa a casa con un gato que nunca pensó tener. Ha sido consciente, tras su periplo por las instancias administrativas, de que el minino se encuentra a gusto a su lado, como si entre ambos hubiese existido un vínculo previo de amo y animal de compañía. En los días posteriores, y mientras prepara los trámites para su estancia fuera del país, el gato se aclimata totalmente a su casa. Acude presto a la comida y en las anochecidas, mientras contempla insulsos programas televisivos que vacían su mente de las inquietudes que le asaltan, el animal da un salto y se le acurruca entre las piernas para dormitar con un ronroneo de satisfacción. No cabe duda de que se encuentra a sus anchas y que también él le ha ido cogiendo algo parecido al afecto, sobre todo teniendo en cuenta que pasar desde un hogar donde parece haber estado bien atendido a la vida callejera hubiera supuesto casi con seguridad la muerte del animal.

Entre sus cavilaciones, asoma la idea de que pueda pertenecer a alguna de las familias inglesas afincadas en los cortijos abandonados a lo largo y ancho de la sierra, cuyos antiguos moradores habitan hoy, restos involuntarios de un atroz exilio económico, los barrios periféricos de Barcelona y otras ciudades. Intuye que el gato puede ser inglés y no natural de la zona porque está acostumbrado al pienso. Los animalillos que caza, especialmente ratones, salamanquesas y algún pájaro descuidado, los deposita, quizá como tributo de agradecimiento, a los pies del sofá. Y él se ve obligado a trasladarlos a la basura. Algún día, tras saltar la verja del patio, le ha traído una novia a casa, pero el profesor la espanta. No quiere adquirir nuevos compromisos con la familia gatuna.

Como le ha dicho al guardia, prepara un viaje al Reino Unido para una estancia de un par de años de docencia sobre literatura española y aprendizaje como especialización en literatura inglesa. Una ampliación de estudios, ahora ya cercana la jubilación, vinculada a su cátedra de lenguas modernas de la granadina Facultad de Traductores, algo que cree inaplazable, dada la creciente influencia del mundo anglosajón en la cultura europea. Es lo que toca, se ha dicho a sí mismo, quizá con cierto pesar, dada la influencia de la anglosfera en todos los aspectos de la cultura moderna.

Ha vuelto a Albox para un período de descanso y reflexión antes de emprender un periplo necesario para su promoción profesional en la docencia de la literatura. Un viaje que se le presenta con expectativas de novedad, curiosidad intelectual y contacto enriquecedor con otras gentes y otra cultura, así como de escape de una opresión intelectual en su entorno de trabajo que se le ha ido haciendo agobiante en los últimos años.

Glasgow

Tras una infructuosa búsqueda del dueño del minino, y comprobando el escaso o nulo interés de quienes podrían haberle ayudado a solucionar su problema, Alonso decide llevarse el animal consigo. Vive solo y, en última instancia, puede hacerle compañía en una ciudad en la que no conoce a nadie. Y dado que ambos van a convivir durante una temporada, se impone la tarea de asignarle un nombre. No está muy ducho en este quehacer y su experiencia es escasa. Siendo niño, fue feliz poseedor de una tortuga. Y era él quien se encargaba de proporcionarle lechugas y tomates como alimento. Una ocupación fácil que no le ocupaba demasiado tiempo. El animal se escondía entre las macetas de su madre en el patio y aparecía cuando tenía ganas de comer. Acabó llamándole *la Griega* por los dibujos del caparazón y porque alguien le había dicho que ese era su nombre científico. Pero de gatos no sabe nada, aunque se ha propuesto aprender cueste lo que cueste.

Tras mucho pensarlo y barajar media docena de nombres, se decide por *Rogelio* en atención al color bermejo de la pelambre.

Ya bautizado, emprende los trámites para transportarlo en la bodega del avión. El papeleo se convierte en una odisea administrativa. Innumerables documentos sobre su futuro domicilio en la ciudad inglesa y el trabajo que va a desarrollar, certificados de vacunas de *Rogelio* al día, declaraciones de responsabilidad sobre los posibles excesos provocados por la fiera durante el viaje...

Llegado al aeropuerto de Glasgow, la ciudad donde va a residir, y pasajero en una de esas compañías de bajo coste en las que hay que viajar con las piernas encogidas y las rodillas casi totalmente inmovilizadas contra el asiento delantero, Alonso contrata un taxi con el suplemento añadido por el transporte del animal. Ya cansado, desembarca, como quien arriba a la costa tras un largo periplo, al piso alquilado de antemano en uno de los barrios céntricos de la ciudad. Lo inspecciona exteriormente y le parece antiguo pero confortable. El casero le comenta que la dueña ha partido para unas largas vacaciones en Australia y le advierte sobre las llaves de electricidad, gas y agua y sobre el pago mensual del alquiler. Recibidas las explicaciones, Alonso abre la pequeña jaula para que el gato se expansione y tome posesión del piso en el que emprenderá el día a día en una ciudad y un país totalmente desconocidos.

Strathclyde

El campus universitario de Strathclyde, quizá la más prestigiosa universidad de Glasgow, es impresionante. Aunque previamente ha visto fotografías, Alonso lo recorre con una sensación de asombro y alegría porque sospecha que la formación académica que allí va a impartir y recibir alcanzará a cumplir la mayor parte de sus expectativas. Hay un edificio central antiguo que parece ser el alma originaria de la institución. Está rodeado de modernas facultades e instituciones. La elección de este campus no ha ocurrido por designios del azar. La explicación se remonta a varios meses atrás. Alonso, tras obtener un traslado desde la Facultad de Letras, es en aquel momento flamante profesor invitado de literatura en la de Traducción de la universidad granadina. Un día cualquiera, decide emprender una última experiencia antes de una jubilación no muy lejana y ya presente en su horizonte vital.

Salir, respirar aires nuevos, ver otros espacios diferentes del hermoso pero repetido paisaje de la ciudad del Darro. Quiere alejarse también de cierto ámbito universitario, en el que se mueven camarillas, conspiraciones para el acceso a las cátedras y quizá algo adormecido intelectualmente por los efectos del encanto propio de una ciudad con siglos de historia viva y un pasado esplendoroso. Su condición de persona independiente y poco dada a participar en clanes, conciliábulos e intrigas partidarias le ha granjeado un indisimulado grado de ostracismo por quienes ostentan el poder académico. Lo percibe en su repetida exclusión de algunas mesas redondas, y de cursos y simposios que organizan los departamentos universitarios sobre temas de su especialidad.

Un encuentro casual

Unos meses antes de su viaje, cierta mañana cuando acude a las clases, cree entrever en uno de los bancos del patio interior del edificio un rostro conocido. Venciendo una timidez que no ha mitigado el paso de los años, se dirige a él.

– ¿El señor Arbenz, quizá?

– Efectivamente, Luis Arbenz.

– Disculpe que le aborde tan intempestivamente. Usted no me conoce, aunque yo sí, y curiosamente por una fotografía. Perdone mi torpeza, me llamo Alonso Berbel, profesor de literatura en esta Facultad.

– ¿Y?

– Lo conozco por su aparición hace unos pocos meses en la revista *Almenara*, de Almería, de Albox, concretamente. Viene una foto suya, además de interesantes aportaciones críticas sobre su obra narrativa.

– Cierto. Un excelente trabajo que no esperaba encontrar en una publicación de provincias, tan olvidadas de atención por parte de los poderes culturales y políticos, tan centralistas por lo común.

– Me precio, profesor, de ser buen fisonomista. En cuanto lo he visto, no he tenido duda de quién era.

– Pues créame que lo celebro.

–No quiero ser indiscreto, pero, ¿ha venido para alguna gestión especial en la Facultad? Como le digo, soy profesor aquí y puedo orientarlo en cuanto necesite.

–Gracias. En realidad, vengo acompañando a mi hija Andrea que se matricula para una ampliación de sus estudios en Escocia. Vivimos en Glasgow, donde soy profesor de español, y he aprovechado mis vacaciones, que suelo pasar en Madrid, para desplazarme a Granada y acompañarla.

De aquella breve e inesperada entrevista surge una relación personal sostenida en el tiempo y prolongada en varios encuentros posteriores, durante los que ambos tienen ocasión de renovar y ampliar el conocimiento mutuo. Arbenz es un acreditado narrador y ensayista que ha derrochado talento en obras como *Pícaros en el paraíso, Albertina y los cacos, Relatos de escritura y verdad*. No siempre la ausencia es equivalente al olvido. A pesar de su lejanía de los círculos literarios de Madrid, donde se cuecen las famas y las relaciones que permiten una difusión extensa por el resto del país, la presencia de Arbenz es constante en el panorama de la narrativa del momento. No solo por la publicación de nuevas obras sino por su colaboración en revistas punteras de creación literaria como la salmantina *El Lazarillo*.

No menos interesante es su carrera como dramaturgo fundador del primer teatro de ensayo de la oscura posguerra, y premiado con algunos galardones señeros del panorama dramático. Pero está claro que no es este el momento del género teatral. Ha perdido la fuerza y el apoyo popular de antaño, desplazado por el cine, la televisión y la proliferación de espectáculos medio teatrales, medio circenses que sustituyen la palabra por efectos de luminotecnia, pantallas, artificios sonoros entre los que la voz del actor, esencial en la dramaturgia, se difumina, eclipsada por técnicas importadas de otras artes.

Tampoco los críticos olvidan a Arbenz. Cada nueva obra suscita una cascada de reseñas y entrevistas que mantienen viva su obra, a pesar de residir en el Reino Unido.

Alonso tendrá a gala que, más adelante, Arbenz le dedique en *Cuentos completos* el sugestivo relato *José I*.

Con posterioridad al encuentro granadino, se han sucedido varias ocasiones de compartir actividades literarias entre ambos. Uno de ellos en Murcia, donde Arbenz ha sido invitado para una lección magistral sobre el cuento. Más tarde, en Madrid, con motivo de un número extraordinario de la revista *Almenara* dedicado al narrador. En los altos del Círculo de Bellas Artes, Alonso, junto a escritores e investigadores, tiene ocasión de participar en un coloquio sobre la narrativa del madrileño. Por estos motivos, a la hora de elegir la universidad donde pasar la especie de retiro sabático que ha decidido, Alonso tiene claro que el lugar donde dirigirá sus pasos va a ser la de Strathclyde, donde su amigo Arbenz ejerce la docencia.

Rogelio en Escocia

El gato se ha acomodado perfectamente a la rutina del dueño y al cambio radical de clima. No son iguales los soleados días de Albox, donde casi nunca llueve, que los de esta Escocia de cielos permanentemente cubiertos de nubes. La perfecta adaptación a un lugar y un clima tan diferentes, parecen confirmarle a Alonso la procedencia del animal. Es muy posible que sus dueños primitivos fueran ingleses, o quizá escoceses, y que se hubiese trasladado con ellos a la localidad donde Alonso lo había encontrado en una lastimera orfandad de dueño un raro día de lluvia a orillas de la rambla. Por cierto que las ordenanzas municipales de la ciudad escocesa lo obligan a declararlo como animal doméstico y a certificar de nuevo la puesta al día de sus vacunas.

Por lo demás, antes de partir temprano a la Facultad, Alonso le deja preparada la comida y un recipiente con agua. De vuelta, a la atardecida, tras asistir a un curso que se le va revelando como muy sugestivo, el gato se le acerca ronroneante y se le frota con el rabo enhiesto en los bajos del pantalón como en demanda de caricias para compensar la ausencia. Hasta que un día, de regreso a casa, encuentra que el gato ha desaparecido. Ningún rastro de él en las habitaciones ni en los recovecos de la casa, incluido un sótano atestado de muebles viejos y rezumante de humedad. Una exploración por los alrededores da igualmente resultado negativo. Lo más probable es que haya escapado por la ventana que ha dejado abierta al objeto de airear y dejar pasar los escasos rayos de sol que esta mañana han iluminado un cielo por lo común cubierto de nubes.

Y esta vez, no para devolverlo sino para encontrarlo, Alonso inicia un periplo por el vecindario y en instancias oficiales para reclamar la devolución de *Rogelio*, en el caso de que alguien se haya topado con él y lo devuelva. Los niños que a la tarde juegan en el césped delantero del edificio no le dan noticia. Alguno lo ha visto andando por el alféizar de la ventana, pero le ha perdido la pista con posterioridad. Tampoco el departamento de salubridad pública encargado de la recuperación de animales perdidos da solución a sus averiguaciones. El profesor constata, a lo largo de la búsqueda, el respeto por la fauna de una sociedad en la que, por ejemplo, están mal vistas las prendas confeccionadas con pieles de animales.

Pasan varios días y se resigna a la pérdida. Acostumbrado a la obligación de cuidarlo, comprarle comida y llevarlo al veterinario, la ausencia le produce un vacío emocional que no logra llenar con el curso al que acude y las visitas por las zonas aledañas a Glasgow, que recorre con el profesor Arbenz. Cierto día en que está preparando una intervención sobre la presencia de algunos mitos británicos en la narrativa de Borges, recibe una llamada desde la cercana Police Scotland, de Kelvinbridge, junto al río Clyde. Que un gato parecido al que busca ha sido hallado junto al río, aunque no devuelto porque quien lo ha encontrado prefiere que acuda él mismo a recogerlo.

En la comisaría lo envían a unas señas situadas en *Anniesland*, una zona alejada del centro. En la dirección indicada, un tipo patibulario con un cigarro colgándole de los labios le hace entrar en casa, tras explicarle el motivo de la visita. Allí está *Rogelio*, enflaquecido, los ojos con legañas y un maullido desmayado que habla a las claras de una aventura no muy halagüeña para el animal. Tendrá que bañarlo, desparasitarlo y esperar que todo vuelva a la normalidad. Tras una breve discusión con el sujeto, que le pide una cantidad desorbitada por la devolución, logra dejar el precio del rescate, que no devolución, en cincuenta libras. Todo ello le deja el amargo regusto de que el animal no se ha extraviado sino que lo han secuestrado. Pero, resignado a perderlo, en última instancia se convence de que el precio ha merecido la pena. En adelante, se cuidará de no dejar abierta ninguna ventana y vigilarlo con más atención.

De regreso a casa, ya casi de noche, nota una inusitada presencia de gente en las calles. Absorbido por la recuperación de *Rogelio*, ha olvidado que ese día se celebraba el *derby* entre los equipos de la ciudad, el *Rangers* y el *Celtic*. Andar por la calle es un continuo tropezarse con innumerables hinchas que cantan desaforadamente, cargados de cerveza, desparramados por el suelo o agarrados a las farolas como a un asidero en medio de la tormenta. Por fin logra arribar a casa y dar término a la aventura gatuna.

Nuevos hábitos y costumbres

Acostumbrado a un modo de vida tranquilo y provinciano, como dijera el inmenso León Felipe en su añorante poema *Qué lástima*, la vida en una ciudad populosa e industrial se le hace cuesta arriba. El frío permanente, las largas distancias que lo obligan al uso cotidiano del metro, la presencia constante de la lluvia como seña de identidad del paisaje, la vida en interiores por el clima, las ruidosas tertulias y la cerveza abundante de los *pubs* se compensan algo con la belleza de un paisaje al que presta un color esmeralda la pujante presencia de la hierba, que brota allá donde haya un puñado de tierra. Con el profesor Arbenz, que ejerce gustosamente de mentor, Alonso conoce las particularidades de uno de los cuatro reinos, quizá el más singular.

Regreso a casa

Han pasado unos breves años. De nuevo en Granada, Alonso se ha reintegrado al Departamento con las alforjas intelectuales llenas de nuevas ideas y experiencias. Sobre todo ha puesto al día su conocimiento de los clásicos ingleses y podrá ampliar el campo de sus clases a una literatura cada vez más demandada por sus alumnos.

Otro asunto le ocupa algún que otro momento, el de su próxima jubilación, para la que ha de iniciar un periplo burocrático lleno de requisitos, documentos y certificados. Una casilla del cuestionario inquiere si ha trabajado en un país extranjero y, naturalmente, deja constancia de sus años de docente como profesor asociado en Glasgow, aunque sin aportar unos documentos cuyo paradero desconoce. Quizá no merezca la pena la compensación económica que el Reino Unido pueda añadir a la pensión española. Inmerso en sus clases y sus investigaciones olvida pronto esas gestiones.

Meses después, recibe una misiva del Servicio de Pensiones Británico pidiéndole que aporte la documentación relativa a su estancia allí y los servicios docentes prestados. Como no recuerda por dónde anda esta documentación en el casi inmenso batiburrillo de sus libros, carpetas y papeles, olvida el requerimiento para centrarse en el día a día. Recibe una nueva carta, esta vez con el añadido de que la falta de respuesta quizá esconda algún tipo de falseamiento de los datos aportados a la Seguridad Social española. Alonso se alarma y teme que esta cuestión puede torcerse de modo perjudicial y derivar en un conflicto con la Administración de imprevisibles consecuencias, por lo que se apresura a revisar el ingente rimero de sus papeles hasta dar con lo solicitado. Tras mucho buscar, encuentra el contrato con la universidad escocesa, las facturas del alquiler de la casa e incluso algo olvidado en la sima de la memoria: la denuncia que tiempo atrás cursó en una comisaría de Glasgow por la desaparición de *Rogelio*.

-¿Quieren documentos?, pues ahí van- pensó Alonso. Y remite una carta donde, además de pedir perdón por el retraso, y, junto al contrato solicitado, hace constar que durante su estancia tuvo recogido en casa y estuvo alimentando a un gato inglés abandonado por sus dueños, para lo que aporta la denuncia cursada en su momento en el puesto de policía de Kelvinbrigde. Solicita que le reembolsen los gastos relativos a la comida de *Rogelio* y otros cuidados como atenciones veterinarias y vacunas, conjuntamente con los de su propia pensión.

En la actualidad, Alonso percibe ambas asignaciones del Servicio estatal de Pensiones británico, la de antiguo docente en el país junto a la de manutención del felino, si bien, a los efectos fiscales, las recibe refundidas en una sola. Por su parte, el gato *Rogelio* es hoy por hoy el honroso beneficiario de una pensión otorgada por el Gobierno de su graciosa majestad la Reina de Inglaterra.

FELICIA

REMEDIOS MARTÍNEZ ANAYA

Mi nombre es Felicia. Nadie en mi familia se había llamado así. Tal vez fue un inconsciente y tímido intento de mi madre por acercarse, al menos veladamente, a la palabra felicidad, ya que, para ella, en el momento de mi nacimiento, ésta debía de resultarle inalcanzable.

Cuando catorce años después me enteré, brutalmente, del oscuro y humillante origen de mi vida, me sentí presa de un cataclismo; mi pequeño mundo, casi infantil hasta entonces, se vio sacudido por un torbellino de emociones que empezaron a roerme como una carcoma que iba socavando mi alegría, mi espontaneidad... Me fui sumergiendo en una especie de letargo que me impedía ver lo que pasaba a mi alrededor para centrarme sólo en ese estupor permanente que me impulsaba a odiar. Odiar a los que me habían mentido, a los que durante años me habrían mirado con compasión o con desprecio, a todo el mundo, porque me parecía que todos se habían confabulado para ocultarme la verdad.

Tardé varios días en atreverme a preguntar a mi madre porque en el fondo tenía miedo de saber esa verdad, tenía miedo de romper definitivamente la magia de la historia ficticia con la que ella, con un amor infinito, había llenado mis carencias de niña sin padre, de «huérfana de guerra».

Por fin, una tarde al volver de la escuela, me dispuse a hacerlo. Mi madre estaba sentada al lado de la ventana, leyendo; su perfil se dibujaba a contraluz y traslucía una serenidad y una paz inmensas. Me senté a sus pies, me miró sonriente, me habló de algo intrascendente sobre la escuela, y yo dudé unos instantes por miedo a romper aquella placidez, pero al fin, me armé de valor y pregunté... Temblando, insegura y angustiada, me atreví a preguntar.

Ella levantó la cabeza suavemente y yo vi la dolorosa perplejidad reflejada en sus ojos, en el amargo rictus de su boca, en la crispación de sus manos... Cerró el libro, despacio, lo dejó sobre la mesa y me dijo con desconsuelo: ya eres una mujer y tienes derecho a saber la verdad. Pero no te pongas triste. Tú eres mi vida, mi alegría, todo lo que tengo en el mundo.

Estuvo unos instantes quieta, dudando, sin saber cómo darle forma a la tromba de ideas que seguramente se le agolparon ante mis preguntas, ante mi mirada expectante... quizás con miedo a hacerme daño, a romper con la dura realidad la burbuja de niñez feliz, de seguridad, de amor... que ella había ido creando a base de pequeñas mentiras sobre mi pasado para que me sintiera protegida, para evitarme cualquier sombra de suciedad o de vergüenza.

Y de pronto, cuando entendió que ya no tenía otra salida, comenzó a hablar como si lo necesitara, como si en el fondo sintiera la urgencia de desprenderse de una carga pesada, tan pesada como sus ilusiones rotas, su dignidad pisoteada, sus sueños truncados...

Un día de invierno de 1931, poco después de cumplir doce años, llegué a este pueblo de la mano de mi hermano Eduardo, recién ordenado sacerdote. Nos bajamos en la estación de ferrocarril y emprendimos la marcha hasta nuestro destino. Mi hermano entonces era un joven alto y fornido, con aspecto de leñador más que de cura. En una mano llevaba una pequeña maleta, que parecía no pesarle mucho, con nuestro exiguo equipaje. Con la otra tiraba de mí, porque yo me iba rezagando.

Mi hermano sólo se protegía del frío con un jersey de lana negra que llevaba encima de la sotana, y una bufanda al cuello. Yo, aunque llevaba un abrigo y una bufanda, por donde asomaban mis dos trenzas, también tenía frío, sobre todo en las piernas, ya que los calcetines se me bajaban.

Desde la estación, el pueblo se veía recostado en la falda de la montaña. A sus pies pasaba el río, que como pude comprobar más tarde, tenía un cauce muy variable: en verano, era una rambla de arena seca entre grisácea y dorada y, en invierno, varias veces se desbordaba y, después de la primera acometida en que arrastraba ramas y piedras, el agua circulaba clara y saltarina y se esparcía sobre la arena como un manto brillante.

En los alrededores del pueblo había huertos en bancales escalonados; en la montaña, varias canteras de yeso que, con su actividad, empolvaba las hojas de los árboles, los caminos y las máquinas. Esa zona, de lejos, aparecía envuelta en una neblina gris que le daba un aspecto difuso, como de lejanía.

Cruzamos el río por un puente de piedra, junto a un molino, y seguimos por la carretera jalonada de árboles, todos con una parte del tronco pintada de blanco. Un viejo pastor de rostro oscuro y mirada huidiza cruzó la carretera con un rebaño de cabras, ayudándose de un bastón y un perrillo inquieto que no cesaba de dar vueltas. En todo el rato no pasó ni un solo coche. Las primeras casas, muy humildes, alineadas a ambos lados de la calle, tenían enjalbegadas las fachadas principales y a los lados se veían tapias de corrales, algún burro atado a una reja y, sobre todo, perros y gatos circulando entre tiestos de macetas y escuálidos jardinillos en donde se mezclaban toda clase de plantas. En los portales de algunas casas se sentaban mujeres aprovechando los últimos rayos del sol de la tarde, unas cosiendo, otras espulgando a un niño, casi todas rodeadas de chiquillos astrosos, que correteaban medio descalzos y sucios. Algún viejo hacía pleita o arreglaba un apero de labranza. Los hombres jóvenes estarían en el campo o en las canteras. El pueblo era más grande de lo que a primera vista parecía pues se podían divisar varios campanarios y un castillo casi derruido. Nos dirigimos hacia el campanario que encontramos más cerca.

En la plaza, frente a la iglesia, había varios ancianos sentados en un banco. Eduardo se presentó a ellos y les pidió que le informaran sobre quién tenía la llave de la iglesia.

La casa, situada en una esquina de la plaza, era de planta baja, con una reja a cada lado de la puerta. Jacinta, una mujer de unos sesenta años, enjuta y nerviosa, vestida de negro, con un minúsculo moño gris, nos recibió con mucha amabilidad; durante un rato no cesó de hablar, comentando los pormenores de la enfermedad del cura que había muerto y cómo ella lo había cuidado desde que cayó enfermo, desinteresadamente, como si hubiera sido su propio padre. También protestaba porque habían tardado tanto en mandar sustituto y llevaban más de un mes sin misa, que a ver si metía en vereda a aquel pueblo de comunistas. Mi hermano, entendiendo la impaciencia de la mujer, le dijo que haría lo que pudiera pero que no esperara milagros. Preguntó por la casa parroquial con la intención de alojarnos en ella, pero Jacinta le explicó que estaba muy deteriorada, que don Esteban vivió en su casa el último año porque los techos estaban muy mal y no debíamos meternos en ella, de momento.

Tampoco consintió en que nos alojáramos en una pensión porque su casa estaba a nuestra disposición.

Mi hermano no quería aceptarlo, por no ser gravoso, pero ella insistió mucho argumentando que lo gravoso para ella era vivir sola. Dios no quiso darme hijos, repetía.

Sin dar lugar a que nuestra negativa fuera firme, nos preparó la cena, un poco temprano, pero después de todo el día de viaje, nos sentó muy bien una sopa caliente y una tortilla. Me acompañó hasta la habitación que sería mi dormitorio y, sin terminar de deshacer mi pequeño equipaje, me acosté en una estrecha cama de hierro con un colchón de lana muy mullido donde caí rendida.

Aquella noche dormí mucho, como un tronco. Estaba muy cansada del largo y penoso viaje en tren. Habíamos salido de madrugada de nuestro pueblo, en Jaén, y tuvimos que hacer dos trasbordos. Allí había quedado mi madre, con la abuela y otro hijo soltero. Mi padre había muerto dos años antes. Yo todavía llevaba lazos negros en las trenzas.

Durante unos meses, mi madre me había estado enseñando a realizar las tareas de la casa con la intención de que estuviera preparada para atender a mi hermano cuando le dieran un destino. Ya que ella no podía hacerlo, yo, que era la otra «mujer útil» de la familia, debía acompañarlo.

Aunque no me resultaba agradable dejar el pueblo, dejar a mis amigas, dejar la escuela... no me atreví a negarme. Las niñas de entonces estábamos acostumbradas a obedecer. Era mi hermano mayor y ¡CURA! algo muy importante, de lo que estábamos orgullosos todos los miembros de la familia. Además, yo lo quería mucho porque era cariñoso conmigo. Él sí que protestó y dijo que no necesitaba que yo lo acompañara. Pero mi madre insistió tanto que al fin aceptó como algo provisional, pero con la condición de que yo siguiera asistiendo a la escuela.

Mi hermano y Jacinta debieron salir temprano y yo no me enteré. Cuando desperté, no estaba ninguno de los dos en la casa. Me levanté y di una vuelta por las habitaciones sin saber qué hacer; tenía ganas de comer algo y había un puchero de café en la cocina, pero no me atreví a tocar nada. Me asomé a una ventana y vi los árboles de la plaza desnudos y, alrededor de sus troncos, unas escasas hierbas ralas y amarillentas. El viento arrastraba algunas hojas secas. Sentí frío y una sensación de desarraigo e inseguridad, como una maceta mustia recién trasplantada. ¿Qué iba a hacer en ese pueblo desconocido, sin mi madre, sin amigas...? Empecé a llorar, pero enseguida me lavé la cara e hice un esfuerzo por contenerme. No quería que me vieran triste.

Poco después llegó Jacinta y me preparó un tazón de café con sopas, después de regañarme cariñosamente por no haberlo hecho yo antes.

En cuanto hube desayunado, nos fuimos las dos hacia la que iba a ser nuestra vivienda. Mi hermano ya estaba allí; se había subido los faldones de la sotana y estaba quitando escombro porque parte del techo de una de las habitaciones se había hundido.

A partir de ese día, mi hermano, después de la misa de alba, se quitaba la sotana y se ponía a trabajar en el arreglo de la casa, con la consiguiente protesta de Jacinta que no veía bien que «un sacerdote se rebajara a esos menesteres». Durante un tiempo, la actitud de mi hermano trabajando como un obrero y sin sotana, fue la comidilla de muchas gentes del pueblo. Jacinta a veces llegaba alarmada a contarle los comentarios que oía e intentando que cambiara. Y él siempre decía que Jesús había sido carpintero.

En cuanto estuvimos instalados en la casa, mi hermano me obligó a volver a la escuela y yo, a pesar de que ya me sentía muy mayor y me había hecho a la idea de que no iría nunca más, no tuve más remedio que obedecer.

Al principio de mi estancia en la escuela, a veces, veía que las compañeras cuchicheaban a mi espalda; seguramente comentaban algo de mi hermano, o de mí; yo era nueva y el ser hermana de un cura quizás les producía desconfianza. Pero después de un tiempo, esa actitud fue decayendo y me sentí integrada con las demás y partícipe de sus juegos y diversiones.

Mi mejor amiga se llamaba Encarna y era un año mayor que yo. De ella aprendí mucho, no sólo algunos juegos de adivinanzas que no conocía, sino a otras muchas cosas como saltar muy bien a las cuartas, a la comba, juego del que era una experta, y, sobre todo, a fijarme en los muchachos un poco mayores, porque los de nuestra edad nos parecían mocosos... También me fui algunas tardes a recoger aceituna con su familia, que a mí me parecía una diversión porque sólo lo hacía algún rato después de la escuela. Ella, cuando llevaba todo el día, no le divertía nada. De vez en cuando me decía con ironía: ¡Cuánto me gusta la escuela! Y se reía, porque yo sabía que no le gustaba mucho estudiar, pero escribiendo o haciendo labores no pasaba tanto frío ni le salían sabañones en las manos.

Su padre trabajaba en las canteras de yeso y, de sus hermanos, uno también era cantero y el otro mecánico. Por eso su madre y ella tenían que ocuparse de casi todas las faenas del campo, que tampoco era mucho porque tenían pocas tierras.

Yo estuve yendo a la escuela hasta los catorce años y me gustaba aprender y, sobre todo, leer novelas de amor. Después de dejar la escuela, mi hermano propuso, a instancias de Jacinta que seguía preocupándose de nosotros como si fuera de la familia, que debía aprender a coser, y durante varios años fui todas las tardes al taller de la maestra Beatriz donde aprendí todo lo que sé de costura y que me ha servido para ganarme la vida y poder criarte a ti.

Al principio llegaba a mi casa con dolor de espalda de estar varias horas cosiendo, porque la costura cansa más de lo que puede parecer, pero pronto me acostumbré y llegó a gustarme. Además, el ambiente era muy animado porque siempre había dos o tres muchachas jóvenes y las dos oficialas mayores eran muy parlanchinas y se comentaba todo lo que pasaba en el pueblo. Por supuesto, lo que más nos interesaba eran los comentarios de noviazgos, disgustos de parejas y cosas por el estilo, pero también hablaban de los problemas que estaban surgiendo en las canteras, talleres y demás centros de trabajo. Cada vez había más enfrentamientos a causa de los despidos. Los obreros que seguían trabajando protestaban por los salarios bajos y hacían huelgas. Yo sí veía que había mucha pobreza, que mucha gente pasaba hambre, pero no intuía la gravedad de la situación. Más tarde supe que mi hermano intervino en alguno de aquellos conflictos y que se llevó muchos disgustos a cuenta de sus intentos de mediación, pero él no me contaba nada, pensaría que no lo iba a entender o no querría preocuparme.

Unos meses antes de empezar la guerra murió mi abuela y fuimos mi hermano y yo a nuestro pueblo. Él insistió en que me quedara con mi madre, pero yo no quise, ya me había acostumbrado a estar con él, a tenerle la ropa limpia, la comida hecha... y me sentía responsable de su bienestar. También seguía yendo al taller de costura donde había aprendido mucho. La señora Beatriz me encargaba cortar algunas cosas y eso era una prueba de que ya me consideraba casi modista.

Pero debo de confesarte que también yo quería regresar con mi hermano porque me gustaba un muchacho y quedarme con mi madre hubiera significado no volver a verlo. Se llamaba Antonio y trabajaba en un taller de yeserías. Sólo habíamos bailado una noche en las fiestas del pueblo y quizás él ni siquiera tenía ningún interés en mí, pero yo sí pensaba en él y procuraba pasar por la puerta de su taller a ver si lo veía de nuevo.

Durante los meses siguientes sí fui consciente del malestar que había en el pueblo, hasta que un día que estábamos en el taller, gastando bromas, hablando de nuestras cosas, una de las oficialas llegó diciendo que había estallado la guerra. Seguro que mi hermano ya lo sabía porque lo vi muy preocupado aquella mañana, pero no le di importancia porque no era la primera vez que lo notaba serio y además nunca me contaba nada. Las muchachas del taller dejaron de ir porque tenían miedo, pero yo, como la casa estaba muy cerca, seguí yendo, y la señora Beatriz, como había menos trabajo, me enseñaba a hacer patrones cada vez más complicados y me decía que cuando ella faltara yo sería la mejor modista del pueblo. En el fondo me agradecía que fuera a hacerle compañía porque todos teníamos miedo.

Jacinta llevaba días diciéndole a mi hermano que debía esconderse en el campo, en la sierra, en cualquier sitio, o irse lejos, donde no lo conociera nadie. Unos días antes habían matado a varios hombres en el pueblo de al lado, entre ellos al cura, un anciano que llevaba muchos años en la parroquia. Contaban también que en Almería acudía la gente en masa a presenciar el macabro espectáculo de ver asesinar a los «enemigos de la República». Pero cuando verdaderamente nos alarmamos fue al conocer los crímenes del pozo de La Lagarta en Tabernas. En aquellos momentos no se sabían los detalles, sólo que habían matado a muchos hombres. Yo temblaba de terror al oír estas cosas y le pedí que nos fuéramos a mi pueblo. Seguramente allí no se atreverían a hacerle daño porque mi otro hermano estaba en la guerra, luchando con el frente popular. Pero él era muy cabezota, parecía no tener miedo.

– Pero, ¿qué puedo temer yo de esta gente? Muchas veces me han visto trabajar como un obrero y no he hecho daño a nadie -le contestaba a Jacinta.

– No sea terco, hágame caso, no vaya a lamentarlo -insistía la buena mujer.

Pero mi hermano seguía aparentemente tranquilo. Creo que era demasiado ingenuo, confiaba quizás en que el hecho de reunirse a veces con la gente joven, el charlar con todo el mundo en la plaza, o el preocuparse por algunos de sus problemas le iba a librar del odio y de la violencia que empezaba a desatarse contra todo lo que se relacionara con la iglesia.

No habían pasado muchos días de aquella advertencia de Jacinta cuando una mañana oí unos fuertes golpes en la puerta y salí a abrir. Eran cinco hombres armados que preguntaban por el cura. Sin esperar a que me apartara, entraron en tromba, vociferando y mirando hacia todos lados. Unos llevaban escopetas de cañones recortados, otros fusiles y alguno de ellos también una pistola al cinto. En ese momento salió mi hermano abrochándose la sotana. Era verano y en la casa, a veces, estaba sin ella.

– ¿Qué quieren ustedes? -preguntó, alarmado, dirigiéndose al mayor de ellos. Todos eran del pueblo y yo los conocía de vista. Casi todos iban vestidos pobremente, con pantalones remendados y las camisas remangadas y abiertas hasta medio pecho. Sólo uno de los milicianos vestía de forma más cuidada.

– Que te vengas con nosotros -contestó el que parecía llevar la voz cantante.

– ¿Para qué me quieren? -volvió a preguntar mi hermano.

– No preguntes y acompáñanos -le contestó el mayor de ellos, mientras le hacía señas a otro para que le atara las manos.

– «Cuando las barbas de tu vecino veas cortar pon las tuyas a remojar» -comentó otro, entre risotadas, mirando a sus compañeros.

Yo, en esos momentos, estaba asomada a la puerta de la cocina y, aunque temblaba de miedo, cuando vi que le ataban las manos a mi hermano, me atreví a acercarme a él y lo abracé, llorando, mientras les suplicaba que no se lo llevaran.

Uno de ellos me apartó de un empujón y caí al suelo; al caer se me levantaron las faldas y me quedé con los muslos al aire. Entonces, aunque yo me tapé enseguida, uno se me acercó y me volvió a levantar las faldas mientras profería una serie de groserías que no debo repetir ante ti y de las que no quiero acordarme. Mi hermano les pidió que me dejaran en paz, que se lo llevaran a él, pero que, por favor, no me hicieran daño.

Entonces, uno de ellos, se agachó y empezó a tocarme. Mi hermano intentó acercarse a mí y el que estaba más cerca, le dio un golpe en el pecho con la culata de la escopeta.

A partir de ese momento, como si la furia se hubiera mezclado con la lujuria de aquellos hombres, uno tras otro, me fueron violando mientras mi hermano gritaba y ellos lo sujetaban entre dos o tres y le daban golpes al tiempo que le decían, entre risotadas, que mirara para aprender.

Yo intentaba dar patadas y manotazos, pero no podía contra ellos. Me estaban destrozando físicamente, me estaban haciendo un daño terrible, pero me dolía mucho más el que mi hermano estuviera viendo todo eso, el verlo con las manos atadas, con la cara ensangrentada por los golpes que iba recibiendo cada vez que gritaba o que intentaba revolverse, desesperado.

Al cabo de un rato, que a mí se me hizo eterno, vi a mi hermano salir en medio de ellos, hundido, destrozado, como un cordero que fuera al matadero.

Arrastrándome, me acerqué a la puerta y los vi alejarse, mi hermano todavía forcejeando, cogido por dos de ellos, todos con las armas bien visibles, como queriendo demostrar la superioridad de su fuerza bruta.

En ese momento entró Jacinta con dos o tres vecinas que habían oído ruido, pero no se habían atrevido a entrar hasta que se fueron los milicianos. Conforme se acercaban pude ver la expresión de desconcierto en sus caras, al ver mi estado. Debía tener un aspecto terrible: la cara destrozada, la ropa rota y manchada de sangre, medio desnuda y con magulladuras por todo el cuerpo; cogí los trozos de falda rotos que estaban tirados por el suelo e intenté tapar mis pechos abrochando mi blusa inútilmente porque estaba desgarrada.

– ¿Qué ha pasado? ¿Qué te han hecho? -me preguntaban, al tiempo que me ayudaban a incorporarme, mientras yo, incapaz de hablar, me lancé llorando a los brazos de Jacinta y sólo acerté a decir:

– Se han llevado a mi hermano. Lo van a matar, lo van a matar.

– No llores, no digas eso; seguramente lo encerrarán en la iglesia, donde hay ya varios hombres presos. Pero, ¿qué te han hecho a ti? -Yo no me atrevía a contestar, no era capaz de expresar con palabras la tortura, la humillación, el dolor, el dolor físico y el dolor del alma. Y las mujeres seguían preguntando:

– ¿Quién ha sido el canalla que ha abusado de ti?

– Todos, todos, los cinco... -logré decir, con la voz entrecortada por el llanto-. Y delante de mi hermano. Eso es lo que más siento. Y cada vez que él forcejeaba o gritaba, intentando defenderme, le pegaban. Va ensangrentado, va destrozado. ¿Quién lo va a cuidar? ¿Quién va a curar sus heridas? Lo dejarán morir o lo matarán.

– No llores, hija mía, no llores -me decía Jacinta, abrazándome-. Ya veremos lo que se puede hacer. Ahora, lo primero, voy a calentar agua para que te laves.

– No hace falta calentarla. No puedo esperar. Voy a lavarme ahora mismo. No puedo soportar el olor que me han dejado.

Las vecinas trataron de ordenar la habitación y limpiaron las manchas de sangre que había por el suelo mientras Jacinta preparaba un barreño con agua templada. Yo me dirigí hacia donde ella estaba y entonces me di cuenta que me costaba trabajo andar, estaba magullada, tenía varias heridas y me dolía todo el cuerpo. Pero lo que más deseaba en esos momentos era lavarme. Me quité el resto de la ropa, cogí la esponja y me enjaboné; me restregué con fuerza, aunque me hacía daño, pero seguía haciéndolo, una y otra vez, y me echaba agua una y mil veces, porque me parecía que nunca estaba suficientemente limpia.

Jacinta me ayudó a secarme y me llevó hasta la cama. Una de las vecinas me limpió las heridas y otra me dio a beber una infusión de flor de azahar. Jacinta se quedó conmigo, tratando de consolarme y de calmarme; las demás se fueron a sus casas, supongo, por la expresión de sus caras y sus exclamaciones, horrorizadas.

Durante las horas siguientes no podía tranquilizarme, estaba furiosa, llena de rabia y de dolor; de vez en cuando, de forma incontrolada, mi cuerpo empezaba a temblar y se alteraba el ritmo de mi corazón. Poco a poco, me fui calmando con la serenidad y las palabras de consuelo de Jacinta, y empecé de nuevo a llorar, mansamente, y las lágrimas, aunque me escocían al resbalar por la cara, fueron acabando con mis temblores.

Al cabo de muchas horas pude dormir algún rato, aunque de vez en cuando, me despertaba sobresaltada. Pensaba en mi hermano, pensaba en mi vergüenza...

Cuando me levanté y me miré al espejo, no podía reconocerme: tenía los labios hinchados y con varios cortes; la cara llena de arañazos; un ojo morado y los brazos también llenos de hematomas. Me veía manchada, sucia, no sólo por fuera, también por dentro. La palabra «violada» no la había entendido hasta ese momento. De pronto me vinieron a la mente los ojos de aquellos hombres, sus miradas de odio, sus gestos obscenos, sus gritos, sus olores... y sentí que me mareaba y tuve que agarrarme al pie de la cama para no caer al suelo. Jacinta se acercó a mí y yo me eché a sus brazos y escondí la cabeza sobre su hombro, avergonzada. Pero, ¿por qué? ¿Por qué, me he preguntado siempre? ¿Por qué tenía que avergonzarme de algo de lo que no era culpable?

Han pasado muchos años, hija mía, de días claros y oscuros, pero ninguno ha dejado la huella manchada, la huella sucia de aquellas horas mortíferas en que mis sentimientos, mis vísceras, mis ilusiones... se vieron apuñalados. El desencanto llegó como un río de lava que asoló la primavera de mi vida, la primavera de mi alma. Se rompieron de golpe todos mis sueños y siempre, siempre... a pesar de tenerte, a pesar de haber depositado en ti todo mi amor, todavía me siento herida.

Yo era una muchacha ingenua y dulce, de piel suave y tersa como una manzana... Yo era una muchacha joven, de mirada ilusionada, que esperaba días de gozos y risas, de palabras de amor. Yo tenía los sueños intactos, el corazón a estrenar. Esperaba ir por la vida dando y recibiendo amor... y de golpe, lo perdí todo el día que me mancharon, me humillaron, me mostraron la parte más oscura, hedionda y sucia de la vida.

Por mis ojos habían pasado muchas imágenes y casi siempre eran hermosas, limpias y transparentes. A partir de ese día, mis ojos se enturbiaron y empecé a verlo todo menos brillante, menos limpio, menos hermoso.

El sexo puede ser un lago de agua limpia o una ciénaga pestilente. Podemos salir de sus aguas frescos y reconfortados o sucios y manchados para siempre.

¿Cómo el sexo puede tener esa fuerza tan terrible? Algo tan oculto, tan secreto, que aparentemente nadie ve y, sin embargo, está en todo, lo impregna todo. Por él se mata, se goza, se lucha, se sufre, se muere...

Mi ingenua sexualidad de adolescente, fresca como una lluvia de primavera, que suspiraba por los actores de cine, por los muchachos del pueblo, murió aquella tarde; fue barrida por el viento de rencor y de vergüenza que me asoló aquel día y me dejó seca como un erial. Me volví opaca y triste. Nunca fui capaz de enamorarme de ningún hombre, me dejaron incapacitada para disfrutar del amor. Mi alma es carne dolorida, carne pisoteada, y siento un sordo dolor que lo impregna todo desde entonces.

¿Cómo se puede arrasar de esa forma la belleza, la pureza, la paz?

Yo no sufría sólo por mí, sufría también por mi hermano. Entonces entendí que el hombre es un lobo para el hombre. Todas las grandes hazañas que se cantan en la historia se han hecho a costa del dolor humano, a base de crímenes; todos los monumentos a los vencedores, son monumentos a la crueldad; todas las conquistas se han hecho a base de la explotación de unos hombres sobre otros. Toda esa verdad oscura la aprendí ese día nefasto.

Yo siempre había visto la vida de otra forma: creía en la bondad innata de las personas. A partir de entonces, aprendí que la fuerza más poderosa que nos mueve es el egoísmo. Sí, desde que nacemos; aunque la educación nos va diciendo que debemos ser generosos. Pero, ¡cuánto nos cuesta! En aquellos tiempos, la violencia y el egoísmo estaban en la calle, nos inundaban con su hedor y no nos dábamos cuenta hasta que algo te llegaba a sacudir con violencia. Aquel día para mí se rompió el encanto de la adolescencia, el delirio gozoso de la juventud, y empecé a tener miedo, a dudar de todo, a envejecer...

Me llené de odio y durante un tiempo, sólo pensé en vengarme. Pero me temo que el daño que me hicieron fue tan profundo que no se hubiera curado con un acto de venganza.

A partir de ese día, muchas veces me he preguntado por qué las personas no podemos ser como los árboles, como las plantas, que, de la tierra enfangada, del estiércol, son capaces de hacer surgir hojas nuevas, flores perfumadas, frutos olorosos.

A pesar de mi dolor, lo que más me preocupaba era la vida de mi hermano. Aquella misma tarde, Jacinta había preguntado por él, había intercedido, había suplicado ante los jefes del comité, pero le dijeron que se lo habían llevado preso, en un camión, junto a otros muchos hombres de la comarca, a uno de los barcos que servían de cárcel en el puerto de Almería. Sin embargo, no me quiso decir nada hasta el día siguiente en que me vio más tranquila. Yo me había levantado dispuesta a ir a visitarlo a la iglesia, que estaba convertida en cárcel, y fue entonces cuando me dijo que se lo habían llevado.

Durante muchos días estuve sin noticias de él, sólo sabíamos que estaba preso en Almería junto a otros dos hombres del pueblo y, a través de sus familias, supe que mi hermano seguía vivo.

Poco después me di cuenta y tuve que aceptar, con horror, que estaba embarazada. En aquellos momentos convulsos, llenos de violencia y de odio, tenía miedo a que nacieras. Yo había sufrido en mi carne y en la de mi hermano, la injusticia, y tenía los ojos heridos, el corazón herido, y cuando encontraba algún momento de paz, era como esa calma que llega después de haber llorado mucho. Pero ya no era sólo por mí, tenía miedo por ti, porque nacerías débil, como una flor en medio de los árboles y tal vez, en muchos momentos, te sentirías sola, y perdida, y la vida podría hacerte daño, como me lo estaba haciendo a mí.

Mi hermano seguía preso y yo no podía ir a mi pueblo, con mi madre, porque era muy peligroso viajar sola en aquellos momentos. Menos mal que Jacinta me acompañaba, me consolaba, me obligaba a comer, a ocuparme de las tareas de la casa, porque yo a veces, no tenía ánimo para moverme. Me sentía tan desgraciada que no sé que hubiera sido de mí si no hubiera estado ella a mi lado. Me llevó a su casa, me repetía una y otra vez que tenía que ilusionarme contigo, que cuánto hubiera dado ella por haber tenido un hijo, que no me avergonzara, que tenía que ser fuerte y esperarte con alegría. Que nunca hiciera caso de habladurías porque yo no había hecho nada malo. Con infinita paciencia fue haciendo que me sintiera mejor.

Y así fue. Naciste y todo el miedo que tenía fue desapareciendo poco a poco y ya sólo viví para ti. Cuando empezaste a sonreír, cuando empezaste a gatear por aquella casa desvencijada y fría, me parecía que se llenaba de luz y de calor. Cuando me mirabas con aquellos ojos tan claros, tan limpios, tan inocentes... cuando me cogías la mano para ponerte en pie, cuando dormías en mis brazos... yo, que, desde mi terrible experiencia, había llegado a pensar que la felicidad estaba tan lejos que no podría alcanzarla nunca, de pronto, la encontraba en ti, como si el mundo fuera tan pequeño como tus manos, como tu sonrisa...

Me hubiera gustado conocer esa felicidad de la que hablan las novelas, esa felicidad que arrebata e incendia el corazón, sin embargo, no me quejo; al cabo del tiempo, he encontrado la serenidad que nace de la aceptación de mi destino. ¿Y sabes por qué? porque te he tenido a ti, porque he depositado en ti todas las aspiraciones de mi vida. Por eso te pido que no te atormentes, que no destruyas esa paz, esa esperanza y esas ilusiones que tienes y que tengo sobre tu futuro. No mires hacia atrás, hija mía, tienes toda la vida por delante. Ni tú ni yo somos culpables de nada y las dos tenemos derecho a vivir con alegría.

PROFETA EN SU TIERRA

PEPE DE PIEDAD

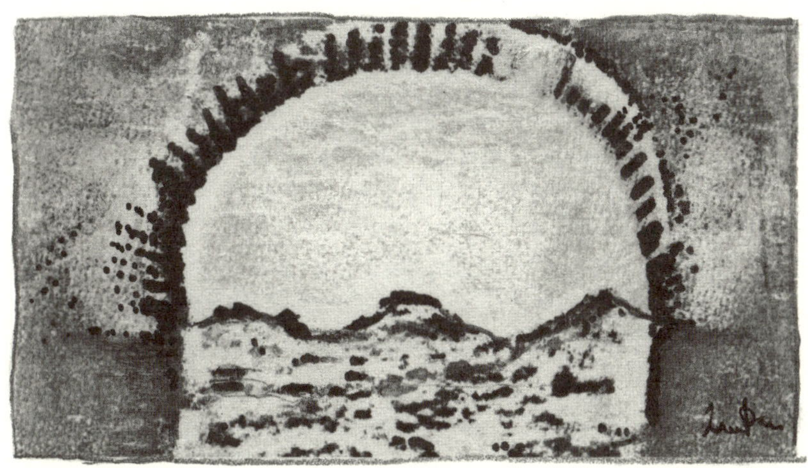

A la memoria de Bartolomé Carrillo y a la de Diego Carrillo, que cuidaron de nuestra salud, nos atendieron en la enfermedad y nos ofrecieron consuelo siempre que lo necesitamos.

Conforme se acercaba ese momento que los buenos fotógrafos tienen por su hora preferida, el cielo iba recomponiendo la figura y adquiriendo el placentero tono violeta de las atardecidas de finales de septiembre; antes, había sido una tarde borrascosa, más propia de una de las abortadas cabañuelas de agosto. Recostado sobre una sencilla hamaca de lona, Salvador Corel no necesitaba tener los ojos abiertos para contemplar aquel espacio inmenso bañado por una luz amable, casi transparente, un vasto paisaje a medias entre una naturaleza mineralizada de tierra roya y un mar colmado de azul mediterráneo. Era una imagen grabada en su memoria con la misma fuerza y emoción que los amarillos de Van Gogh, su pintor favorito.

El mundo se encaminaba hacia la puerta de un nuevo milenio y él acababa de cumplir 82 abriles. Abriles, sí, y no años, porque la palabra «abriles» le hacía sentir como un marinero que ha conseguido atravesar sano y salvo, una vez más, el mar de los sargazos del último invierno, ahora que ya comenzaba a sentir la caída de las hojas doradas de su corazón. Abriles para no perder ni una sola de las huellas reverdecidas de la palabra al pronunciarla, para retornar a esa gozosa situación que alienta la resurrección de la carne de cada primavera. Abriles para volver a sentir la juventud del tiempo, a la expectativa de las noches de estío cuajadas de calma y planetas brillantes.

Aquella tarde primeriza de otoño, Salvador parecía estar sumido en una especie de ensueño. Miraba la lejana cercanía del horizonte y sentía el fondo de la edad. Se veía a sí mismo como el maquinista de un tren que cambiaba en cada una de las estaciones de su vida. Lento al principio, durante los años de su infancia, adolescencia y juventud, como el expreso Madrid-Cartagena, El Cartagenero, el destartalado tren de vagones de madera y olor a pan y longaniza, en el que tantas veces había tenido que viajar en sus años universitarios; después, durante su etapa de ejercicio como médico rural, rápido y ligero, como el Talgo, el tren que había recorrido los ferrocarriles españoles desde mediados de los años cuarenta; ahora, desde su jubilación, veloz, como el AVE, el tren-avión que había irrumpido en la vida española poco después de retirarse a su casa y a su huerto de Aires Libres, distante una legua de Torre Cadima, su lugar de nacimiento y de vida, pues en aquel mismo pueblo laboriosamente campesino y marinero de vocación en el que había venido al mundo ejerció de médico durante más de cuarenta años.

Previamente a la entrada en ese placentero letargo o *clisaero,* donde nada es vigilia, pero no todo es sueño, se había pasado la tarde leyendo acerca de Ibn Jatima, el sabio andalusí por el que sentía una profunda admiración, no solo por sus amplios conocimientos, sino también por su manera de practicar la medicina y por la valerosa actitud que había tenido frente a la epidemia de peste negra que asoló al mundo conocido a mediados del siglo XIV: ni siquiera en los peores días de la enfermedad se alejó de Almería, su ciudad, y, al contrario de la conducta seguida por muchos convecinos de huir pronto, lejos y por largo tiempo, él permaneció atendiendo enfermos hasta que llegó el día en el que al día siguiente ya no murió nadie. Ibn Jatima siempre trató de dar respuesta acerca de las causas del mal pestífero y, en base a sus agudas observaciones clínicas, propuso consejos prácticos para protegerse del mismo y evitar su propagación; es más, intuyó la teoría microbiana de la infección cinco siglos antes de que fuera establecida por Luis Pasteur y Robert Koch. Salvador tenía en gran valor las recomendaciones del médico «al que todos pedían consejo» para evitar aquello que entristece el alma y atrae la aflicción (el ánimo triste es un terreno propicio para la enfermedad) y para procurar exponerse a la alegría, el gozo de espíritu y el despliegue de las esperanzas. Ahora, en la soledad de sus pensamientos, y mientras contemplaba cómo el solpor de la tarde daba paso a los misterios de la noche, relacionó aquellos lejanos días vividos por Ibn Jatima con el tiempo en el que él había nacido.

Como la infancia está siempre zumbando por nuestra mente y tiene raíces más profundas que nuestro propio recuerdo, Salvador supo por la memoria de los otros que había visto la luz por primera vez en noviembre de 1918, por los días del armisticio con el que se ponía fin a la Primera Guerra Mundial. Había nacido por el tiempo en el que la gripe recorría el continente europeo, más veloz que la pólvora quemada en el campo de batalla, como fatal colofón a las miserias de una guerra que había sumido a la población europea en la desolación durante cuatro interminables años. En España, la gripe del dieciocho, que no había nacido española, como la prensa extranjera, los gobiernos de los países en guerra y la opinión pública europea y norteamericana falsariamente aseguraban, había transformado no solo las relaciones sociales, sino hasta el propio paisaje. En aquellos días, el mayor alivio provenía de la muerte del vecino y no haber sido uno mismo el elegido. A diferencia de otros niños, Salvador pudo salvar la vida de forma milagrosa cuando ya había recibido el desahucio de un abnegado médico, que no daba abasto para atender a todos los enfermos, y la extremaunción de manos de un cura de valor extremado, el mismo que el día de su bautizo había añadido por su cuenta el nombre de Roque al de Salvador, el elegido por sus padres, por si éste no fuera suficiente para preservarlo de la peste. Toda una premonición.

Pasado el luto por la gripe y arrinconado su recuerdo como un mal sueño, el pueblo fue recobrando su antiguo ritmo y la infancia de Salvador transcurrió sin más sobresaltos que los propios que llevan asociados las trastadas de la niñez, algún que otro sarampión y la llegada, cuatro años después de su nacimiento y con una diferencia de apenas once meses entre ellos, de su hermano Diego Bartolomé y su hermana Rosica. Según le habían contado sus padres, echó a andar pronto y a hablar tarde; por lo visto, se mantuvo callado hasta que le llegó la hora de destetarse, pasados los dos años de edad, y pronunció con total claridad un grito de rabia al sentirse desorientado para siempre con la pérdida de los pezones maternos como punto de referencia. A partir de ahí, los recuerdos heredados de Salvador dieron paso a los propios, los más alejados de los cuales quedaron incrustados en su memoria de tal manera que, tiempo después, cuando quería volver a ellos, tenía que buscarlos como el quiromante que se adentra en las líneas de la mano para adivinar el futuro.

Salvador pasó del instinto al uso de razón, primero, y de la niñez a la adolescencia, más tarde, a lo largo de los años veinte, un periodo que nació lleno de esperanza y acabó en la desesperanza. En España, la «alegría de vivir» de las gentes, se vio salpicada por una cierta convulsión política y social, que también se dejó notar en la comarca del Levante almeriense, sobre todo a partir de que fueran paralizándose los trabajos mineros de Sierra Almagrera, con sus explotaciones de galena argentífera, y de la Sierra de Bédar, con sus extracciones de hierro, las principales fuentes de riqueza en las décadas anteriores. El famoso martes negro de Wall Street (29 de octubre de 1929) y su efecto mariposa lo puso todo definitivamente patas arriba: las uvas se avinagraron antes de madurar y la zorra descargó su ira por donde quiera que hubiera pasado. Y es que hay días que no saben amanecer.

En Torre Cadima, los bailes con gramófono que se celebraban los domingos por la tarde en el salón de El Caimán y, de cuando en cuando, las proyecciones de cine al aire libre ponían un punto de modernidad a una forma de vida que estaba a un paso de la Edad Media y a dos del Neolítico. Los días de mercado se hacían muchas transacciones a base de trueque y había labradores de Sierra Cabrera que pagaban con celemines de trigo, alguna arroba de aceite o la carne de un choto recién sacrificado los productos que ellos adquirían, como el pescado, la sal o alguna que otra prenda de vestir. Por su parte, las mujeres lavaban la ropa en la fuente morisca y transportaban encima de la cabeza, con la ayuda de un rodete, o apoyados en la cadera, los cántaros de agua que luego se bebía en los botijos, esos insólitos mecanismos de refrigeración para mantener el agua fresca. En la huerta, que extendía sus pagos y bancales entre el pueblo y el río, todavía seguía rigiendo el sistema de tandas de riego establecido tras la repoblación cristiana del siglo XVI y el laberinto de acequias de los moriscos apenas se había modificado. Aunque la luz eléctrica llevaba algunos años instalada, en la mayoría de las casas del pueblo y en las cortijadas lo usual era alumbrarse con velas y quinqués; el teléfono no existía. Para muchas familias, descansar en un colchón de lana, en lugar de un camastro de perfolla, una estera de esparto o una simple jarapa, resultaba una utopía, como también lo era, a la hora de preparar la comida, encontrarse con unas lentejas, unos garbanzos o una harina purgadas de gorgojos.

En medio de esta geografía humana, en la que predominaba una economía familiar de subsistencia, vino al mundo Salvador, y tuvo la fortuna de hacerlo con un pan debajo del brazo, cosa que no podía decirse de la mayoría de los zagales del pueblo. Sin embargo, Salvador fue creciendo en edad y conocimiento al mismo tiempo que se relacionaba con niños de distinta condición social en la calle, compartía el bocadillo de la merienda con los que apenas tenían una penca de cardo o un casquete de cebolla que llevarse a la boca y aprendía de los más habilidosos a construir con cualquier objeto desechado o con algún despojo vegetal o animal un juguete con el que inventar un juego: palos de escoba que semejaban caballos o recordaban a los encebros de las antiguas amazonas, mapas del tesoro a conquistar en cualquier isla del río dibujados a golpe de navaja en palas de chumbera, güitos de aceituna utilizados como dardos de tirachinas, carozos de albaricoque o de melocotón trabajados para que sonaran como ocarinas, flautas hechas de caña o de huesos animales, conchas de tortuga que se hacían navegar como carabelas al descubrimiento de un nuevo mundo por las acequias de la huerta, caracolas que lo mismo servían para dar la cencerrada a un viudo o a una viuda que para encontrar en el fondo de sus concavidades el mar imaginado...; en la escuela, se le daban mejor los dictados que los números y anteponía el compañerismo a la vanidad; en casa, cuidaba y entretenía a sus hermanos menores, cuando su madre se lo requería por estar ocupada en otras faenas domésticas, y, en los ratos que se quedaba a solas consigo mismo, daba rienda suelta a sus ansias de *mundar*, sin moverse de casa, con los viajes de Julio Verne que podía emprender desde la nutrida y nutritiva biblioteca familiar.

Cuando en julio de 1936 se produjo el gran cataclismo de la España contemporánea, Salvador acababa de finalizar de forma brillante sus estudios de bachillerato en el Instituto de Enseñanza Pública que el Gobierno de la Segunda República había puesto en marcha cuatro años antes en Cuevas del Almanzora, en el edificio del antiguo convento de los padres franciscanos, dotándolo de un servicio de transporte que permitía el acceso a los alumnos de los pueblos cercanos. Aquellos viajes diarios en El Caíto habían permitido a Salvador ampliar el círculo de sus primeras amistades infantiles del pueblo con las de otros adolescentes de la comarca, entre ellas María Elvira, una espigada muchacha de su mismo curso, de frente amplia y mirada profunda, cuerpo flexible como un junco y mente rápida como un rayo, que pronto se convertiría en el centro de los párrafos de su corazón, esos que fue aprendiendo a escribir cada vez mejor con las enseñanzas de Fe Sanz, su profesora de Lengua y Literatura, que pocos años después encontraría el más trágico de los destinos.

Salvador y Elvira descubrieron por primera vez los espasmos del amor a principios de la primavera de 1934. Había recalado en la Axarquía almeriense una de las tres Misiones Pedagógicas organizadas en la provincia y ambos jóvenes acudieron a la charla que los misioneros habían programado en Garrucha, el pueblo donde ella vivía con su familia. Aquella noche de finales del mes de marzo, tras oír en la Caseta de Náufragos recitar una gavilla de poemas a Luis Cernuda y hablar a Ramón Gaya acerca del sentimiento de la pintura, los dos se dirigieron, cogidos de la mano, hacia la rada de Almoraic. Se tumbaron sobre la arena de la playa y, bajo una masa de nubes amenazadoras que cubría la luna creciente y dejaba la mar a oscuras, comenzaron a acariciarse a tientas y, como la pasión aborrece cualquier moratoria, instantes después llegaron los estremecimientos, casi al mismo tiempo que los llampíos y la tronera del cielo. Luego, descargó la tormenta y hubieron de buscar refugio en una de las barcazas que los pescadores habían dejado dispuesta boca abajo después de la última faena en la mar. Cuando salieron de nuevo a la noche, el cielo se había abierto y mostraba otro cielo, bastante más luminoso.

Los planes de Salvador de ingresar en la Facultad de Medicina de la Universidad de Madrid, tras el verano del 36, se vieron truncados por el estallido de la guerra cainita que desgarró el país entero y terminaría por ahogarlo en un inmenso charco de sangre. Fue de esta manera, la más cruel que pudiera haber imaginado, cómo se interrumpieron los sueños que le faltaban para realizar sus sueños. Encerrado como había estado en sus estudios bachilleres, Salvador había crecido en el seno de una familia liberal y republicana («hay que estar siempre a la zurda de los diestros, a la diestra de los zurdos», era el lema heredado de su abuelo paterno), relativamente acomodada en el ejercicio de la abogacía de su padre y la buena administración casera de su madre, que sabía aprovechar hasta el último retal, no desperdiciaba ni el polvo de la harina y le había enseñado a besar el pan cuando algún zalandro se caía al suelo. Una familia tan antifascista como antirrevolucionaria, tan religiosa por vía materna como agnóstica y anticlerical por vena paterna, siempre guiada en los asuntos sociales por el lema de «vive y deja vivir» y en los temas políticos, por la esperanza de una gran reforma sin radicalismo ni violencia, básicamente los ideales que trató de difundir durante su corta existencia la Agrupación al Servicio de la República, promovida por el filósofo José Ortega y Gasset, el doctor Gregorio Marañón y el escritor Ramón Pérez de Ayala. Ahora, la vida de Salvador, como la de tantos otros jóvenes españoles, se hallaba marcada por un conflicto bélico que los políticos, sumidos en su arbitrariedad partidista y cegados por su credo, no habían sabido detener.

Como la dicha suele llevar señalada una fecha de caducidad, la relación amorosa entre Salvador y María Elvira llegó a su final durante el tiempo de la guerra. Todavía, en los primeros meses de balaceo, pudieron seguir manteniendo sus citas furtivas en el paraje de Las Escobetas, en la linde de Mojácar con Garrucha. Hasta allí corría cada tarde en su bicicleta Salvador, pedaleando como si fuera un ángel batiendo furiosamente sus alas para alcanzar el cielo; allí lo esperaba ella con la impaciencia de un corazón rebosante de latidos. Sin embargo, pasado un tiempo, los avatares de la guerra hicieron que la familia de María Elvira tuviera que trasladarse a Carboneras, pueblo en el que los levantes políticos parecían estar algo más calmados y de donde era originario su padre, sastre de profesión. Ahora, las citas se limitaban al cruce de cartas que iban y venían como palomas mensajeras entre las manos de los amantes y cuyas lecturas tenían lugar en la soledad de cada uno. Poco a poco, casi sin darse cuenta, los vuelos comenzaron a espaciarse y los sueños a desconcharse. Aunque cada uno sentía el dolor y la alegría que le tocaba al otro, con el paso de los días, entre vela y vela, no fue quedando sino el rocío de la pena. No es que se presentara el desamor sin más explicación, es que llegó un momento en el que supieron íntimamente que ya no habría otra oportunidad para que sus cuerpos rodantes volvieran a dejarse acalorar por la arena de la playa y a arrastrarse por la espuma del rompeolas. Cuando el amor comenzó a herirles tanto como los destrozos del carcomido tiempo en el que vivían, Salvador se prometió a sí mismo que nunca volvería a dónde había sido tan feliz. En lo más profundo de su alma sentía que era desdichado sufrir por un amor que se había vuelto imposible, aunque hubo de pasar un largo tiempo hasta que dejó de dolerle pensar en ella.

No sería hasta el otoño de 1939 cuando Salvador pudo ver cumplido su deseo de iniciar sus estudios de medicina, vocación que se había desarrollado en él todavía con más intensidad cuando las vicisitudes de la guerra lo llevaron a actuar como sanitario en los dos bandos en lucha. Primero, fue movilizado por el ejército republicano hacia el frente de Extremadura a finales de 1938. Allí, integrado sin saber por qué como suboficial y no como recluta en el cuerpo de sanidad, tuvo que atender a los soldados heridos y a los combatientes atacados por el veneno contagioso de la fiebre tifoidea, el tétanos, la gangrena invasora... Allí, cada día, hubo de hacer un ejercicio de superación para procurar que, cuando atendía a los enfermos, sus ojos no fueran un espejo en el que se revelaran los ojos de los otros cargados de espanto. Allí, cuando la noche abrazaba a los combatientes moribundos, era inevitable escuchar de algunos heridos blasfemias e improperios que cortaban como dagas afiladas el silencio sufriente de los demás. Después, cuando las tropas rebeldes tomaron definitivamente el control del territorio, Salvador no solo pudo salvar el pellejo, sino que, gracias a los testimonios de varios soldados del bando franquista que él había salvado del camino que conducía a la podredumbre, atendiéndoles con la misma dedicación que a sus compañeros republicanos cuando caían enfermos o heridos, fue reclutado por «los nacionales» para que ejerciera de ayudante de uno de los médicos del hospital de campaña. En esta nueva misión, siguió proporcionando un aliento de esperanza a quienes se acercaban a él con mirada pavorosa y un menguado chorro de sangre circulando por sus venas. En aquel invierno del agónico final de la guerra, Salvador aprendió a soportar lo insoportable y fraguó definitivamente su indómita voluntad de ser médico y procurar a la enfermedad alivio, y al dolor, consuelo.

Los años que siguieron a la Guerra Incivil fueron extraordinariamente duros y amargos como la tuera para la mayoría de los españoles. Se trató de un tiempo cuarteado por la represión, el hambre y la miseria, excepto para quienes se llenaban el pecho de himnos victoriosos. Más allá de nuestras fronteras, tampoco el panorama parecía ser mejor: una nueva desdicha histórica se abalanzó sobre Europa y el mundo entero cuando el uno de septiembre de 1939, justo cinco meses después de finalizada la lluvia de fuego en España, las tropas alemanas entraron en Polonia e hicieron saltar por los aires la tensa paz europea de los últimos años; en el otoño que se avecinaba, y en los siguientes, a Adolf Hitler no le bastaría con las hojas muertas de los árboles.

No obstante, en este tiempo tan desgraciado, no puede decirse que Salvador fuera un hombre infeliz. Por una parte, pudo completar sus estudios de medicina y fortalecer su vocación de médico rural, que, en aquel entonces, significaba ser pediatra, geriatra, internista, obstetra, ginecólogo, traumatólogo y cirujano a un tiempo, así como resolver eficazmente las urgencias de cada día. Por otra parte, mientras en las aulas de la Facultad de Medicina aprendía de maestros como Teófilo Hernando, Carlos Jiménez Díaz o Pedro Laín Entralgo, las calles de aquel Madrid en reconstrucción, al que había llegado por los días en los que Franco se trasladaba de Burgos a Madrid y se acomodaba indefinidamente en el Palacio del Pardo, le facilitaron una verdadera escuela de vida, mostrándole que todo está a la distancia de un error en el camino entre el sueño y la razón. Además, sus años de estancia universitaria en la capital le proporcionaron varios amoríos fugaces, ninguno de ellos con los destellos de la pasión vivida con María Elvira, si bien es verdad que en el principio de alguno estuvo un bolero de por medio, y, así mismo, le ofrecieron la oportunidad de iniciar algunas relaciones de amistad tan sólidas como duraderas.

Sin duda, la más singular fue la de un muchacho cordobés con el que compartía pensión en la calle Toledo, próxima a la plaza de la Cebada. Felipe Parejo era un estudiante de derecho que ya entonces mostraba un riquísimo caudal de sabiduría, ingenio y erudición por la llana, pero que, sin embargo, no dudaba en trocar durante largos periodos de tiempo por una torrencial vida hedonista, desordenada y libre, a pesar de la frágil salud que arrastraba desde niño; tenía una portentosa capacidad de fabulación y, con el tiempo, llegaría a ser un reconocido periodista y escritor. Felipe se consideraba a sí mismo como un héroe del fracaso, pero esa misma incapacidad para llevar una vida según las pautas habituales, era la que impulsaba su imaginación para crearse un mundo distinto, lleno de enigma y fantasía, tan diferente del que le había tocado vivir. Aunque jamás pretendió enseñanza moral alguna, y menos aún a sus amigos, él fue quien le proporcionó a Salvador la brújula para orientarse definitivamente en el ejercicio de la medicina: «lo que queremos los enfermos es que el médico nos conozca por nuestros adentros y nos sienta por los suyos».

Haciendo caso omiso a la sentencia de que «nadie es profeta en su tierra», Salvador volvió a Torre Cadima, aprovechando la oportunidad que había surgido tras la jubilación del médico anterior. Por aquel entonces la tuberculosis tosía los últimos coágulos de sangre de un país desangrado por la lucha fratricida entre españoles y las tropas aliadas ponían el ansiado punto final al aquelarre del destino planetario al que parecía encaminarse la Segunda Guerra Mundial antes del desembarco de Normandía. Eran los últimos días del verano de 1945. En ese tiempo, y como consecuencia de la creación del Seguro Obligatorio de Enfermedad (1942) y de la promulgación de la Ley de Bases de la Sanidad Nacional (1944), los médicos titulares que ejercían en los municipios del medio rural y habían venido desempeñando tanto actividades de salud pública (remuneradas por los propios ayuntamientos) como actividades clínicas (a través de las igualas, un pago complementario a los bajos sueldos municipales), pasaron a depender de la Administración Central y a ser considerados como funcionarios del Estado. Así permaneció Salvador dos años, ocupando de forma interina la vacante dejada por su antecesor, pero a finales de 1947 ganó la plaza por oposición y fue designado médico del Seguro Obligatorio de Enfermedad, como cualquier otro médico titular.

Salvador vivió estos primeros años de ejercicio profesional con gran intensidad. También a nivel personal, pues perdió a sus padres de manera casi simultánea pocos meses antes de completar sus estudios, pero encontró en Carmen la mujer con la que habría de convivir el resto de sus días. La había conocido el mismo día que volvió en tren de Madrid a Almería, tras finalizar el último curso de la carrera y resolver la burocracia de la titulación. Era amiga de su hermana Rosa, que había realizado sus estudios de magisterio en la Escuela Normal de Almería y en aquella época estaba examinándose de oposiciones a maestra de primera enseñanza. Ambas se habían hecho amigas mientras estudiaban el bachillerato en el Instituto de Enseñanza Secundaria y eran alumnas de Celia Viñas, profesora de la que guardaban un recuerdo inmarchitable.

Salvador y Carmen coincidieron por primera vez en un almuerzo en casa de unos amigos comunes y, cuando él se enteró de que aquella misma noche Carmen intervenía en un pequeño papel en la obra *Eloísa está debajo de un almendro*, que se representaba en el Teatro Cervantes de la capital almeriense, demoró su viaje a Torre Cadima para asistir a la representación de la comedia de Enrique Jardiel Poncela, cuyo estreno había presenciado en Madrid unos años antes. Carmen era de estatura más bien alta, de aspecto trigueño, con una melena desplegada en tirabuzones y un rostro expresivo, como de estrella de cine mudo, en el que se adivinaba un fondo de romanticismo; aparte de su vocación teatral, era una magnífica bordadora, pero a veces se le desbordaba el temperamento y el iris de sus ojos no podía contener la furia del mar que llevaba dentro. Se volvieron a ver pocos días después en una tarde sin anochecida y enseguida intimaron. Salvador siempre recordaría el obstinado relámpago que sintió al besar por primera vez aquellos labios tan carnosos, enrojecidos sin necesidad de carmín, y los días que le siguieron, tropezando una y otra vez con las sístoles de su corazón.

Pronto, el amor fue para ellos una palabra de verdad y durante varios meses Salvador y Carmen aprovecharon cualquier oportunidad que se les presentaba para buscarse el uno al otro y aliviar la ansiedad que les provocaba los días de ausencia, pero, cansados de que rodaran las noches solitarias, decidieron juntar sus vidas para siempre con la llegada del nuevo año. No necesitaban más tiempo para conocerse y saber cada uno cómo era el otro; lo que les urgía era que el deseo dejara de trastornarles a todas horas y sentirse cada uno ramificado en el otro. La noche de Reyes de 1946 los zapatos que sacaron al balcón de la alcoba fueron los que habían llevado puestos horas antes en la ceremonia de su boda. Al día siguiente, salieron para París en viaje de novios, invitados por Albert T'Serstevens, el escritor francés de origen belga, a quien un Salvador adolescente había servido de intérprete en sus días de viaje por la Axarquía almeriense durante su *Itinerario español* y con quien había mantenido una amigable relación epistolar antes y después de la guerra. Nueve meses después de aquella primera noche con los cuerpos acompasados desde el primer instante, nacería el primer hijo y, para cuando Salvador obtuvo su plaza de médico en propiedad, ya estaba en camino el segundo vástago, que sería una niña; poco tiempo más tarde, vendrían al mundo otro niño y otra niña. Apenas seis años después de su matrimonio, un tiempo ininterrumpido de ojos durmientes en el regazo de una y otro, Carmen y Salvador habían completado su propia familia.

De vuelta al quehacer médico, hay que decir que en la consulta del dispensario había dos grandes ventanales, por los que se colaba un sol vivificante desde primeras horas de la mañana y dejaban escuchar el agua de la fuente cercana como un rumor hondo. Sin embargo, su aspecto interior era bastante destartalado y mostraba una gran penuria de medios. Salvador había heredado de su predecesor un escaso y deficiente material quirúrgico de urgencia, ordenado de acuerdo con su utilidad en los estantes de una pequeña vitrina, así como una fría y estrecha camilla de hierro, arrinconada junto a un lavabo y cubierta por una sábana blanca con varios remiendos, lo que le proporcionaba un aire más de mesa de autopsia que de otra cosa. Una vieja mesa de madera de pino, jalonada a uno y otro lado por un viejo sillón giratorio de rejilla y por dos sillas de enea, completaba el famélico mobiliario y contribuía a aumentar la sensación de desolación de la sala, solo mitigada por la intensa luz de la mañana, que inundaba por completo la habitación y, al resbalar por las paredes, formaba de cuando en cuando sugerentes figuras impresionistas con los desconchados de cal y azulete. Una bombilla cubierta por una especie de sombrero chino de latón servía para reforzar algo la luz en los días más oscuros del invierno, que, por fortuna, eran muy pocos.

Su primer paciente fue una persona de unos 40 años, enjuta y de mirada incierta, como de vejez prematura, al que la tisis le había excavado el pecho, provocándole la más perniciosa de las anemias: la desesperanza, la falta de ganas de vivir. Se podría decir que su aspecto era un remedo del personaje de Joaquín Sorolla que aparece en uno de sus cuadros ordeñando un cigarrillo. En el futuro, a Salvador no le sería fácil olvidar a quien, apresado por el dolor de una tos crepitante y ahogado por los esputos de barro y sangre arrancados a las cavernas pulmonares, había perdido toda condición humana. Al duro combatiente de antaño, al que nunca le había faltado una sonrisa por el simple hecho de amanecer vivo, ya no le quedaban ganas de luchar, pues una vida por la que tenía que estar guerreando a cada momento por ella, ya no era vida. Nunca, ni siquiera en el frente de batalla, había estado tan a la intemperie como ahora; sabía que no tenía salvación y pocos días después, despojada de todo romanticismo, la consunción se llevó su vida por delante.

Sin embargo, más pronto que tarde Salvador se labró una buena reputación profesional entre sus paisanos: «un médico joven, pero discreto, con mucho ojo y mucha práctica». Aparte de su buena mano para los partos (consideraba que ayudar a dar a luz era también una manera de «darse luz» a sí mismo), uno de los primeros casos que resolvió con mayor solvencia fue el de una persona con una angina diftérica, uno de los dramas más bárbaros de la naturaleza en aquel tiempo. El enfermo era un mozalbete por edad y un hombretón por constitución que vivía con sus padres en una de las numerosas cortijadas de Sierra Cabrera, que distaba unas tres horas de mula del pueblo. Salvador recibió el aviso mediante el sistema de señales de fuego establecido desde tiempo inmemorial por los serranos para comunicarse con la gente del pueblo y dar cuenta de acontecimientos importantes, como el comienzo de la trilla, las celebraciones festivas, el nacimiento o la muerte de alguna persona, la presentación de algún peligro o para informar de un problema de salud importante, como era el caso. Cuando el joven médico llegó a la cama del enfermo y pudo comenzar el reconocimiento, lo primero que observó fue cómo la espesa y blancuzca tela de araña tejida en el fondo de la garganta del muchacho comenzaba a asfixiarlo. Con la maestría de un Avicena, Salvador realizó un rápido y ágil movimiento: con los dedos de su mano izquierda deprimió la lengua del enfermo, mientras que con su mano derecha introdujo una cánula en la boca del joven y, atravesando hábilmente la garganta, la condujo hasta la laringe, permitiéndole respirar y devolviéndole la esperanza de una vida, que se daba por perdida poco antes.

De regreso a casa, Salvador no podía dejar de pensar en aquel momento de la intervención médica que se planteó practicar una traqueotomía ante la mirada interrogativa de aquel muchacho de ojos negros, que le recordó aquellas otras de los soldados del frente. El eco del valle del río Aguas le hacía oír de viva voz sus propios pensamientos acerca de la ferocidad apremiante con la que a veces se le presenta al médico la decisión a tomar y la necesidad de hacerlo sin vacilaciones. El médico, se decía a sí mismo, es como un Teseo revivido que ha de llegar al centro de un laberinto lleno de incertidumbres y, para ello, ha de echar mano muchas veces de la intuición, la cautela y la imaginación, las herramientas de los exploradores más audaces.

La perspicacia, determinación y buen ojo clínico de Salvador también quedaron patentes con la «milagrosa» curación de una niña de siete años, cuya palidez y estado general de postración le produjo una violenta sacudida. Enseguida sospechó que se trataba de una neumonía neumocócica y su instinto le advirtió que no había tiempo que perder. Con una celeridad pasmosa, una organización perfecta para sortear horarios, trenes y coches de línea, despojándose de los escasos ahorros de que disponía y valiéndose de las habilidades de Felipe Parejo, así como de las influencias de uno de los buenos compañeros de carrera que había dejado en Madrid, hijo de un alto cargo diplomático, consiguió en tan solo 48 horas disponer de un par de viales de un millón de unidades de penicilina, obtenidos de extranjis en Chicote; de esta manera, pudo evitar el tormento de una enfermedad tan grave y salvar la vida de aquella chiquilla de ojos zarcos y pelo ensortijado dorándole la cabeza. Salvador tuvo ocasión de comprobar el agradecimiento infinito de la familia de la niña en el amor con que estaban hechos los exquisitos alfajores enviados el día de Navidad por la madre, una mujer verdaderamente hermosa en la dignidad de su pobreza. La resolución de este caso, además de otros de diversa índole, propició que la mayoría de la gente del pueblo, cada vez que pronunciaba su nombre, enfatizara su significado con una mezcla de respeto y admiración.

Tras el escueto café con leche de su desayuno, a Salvador la consulta le deparaba día abajo algunos casos sorprendentes. El caso más insólito con el que tuvo que enfrentarse en aquellos primeros años de ejercicio profesional fue el de Juan el sepulturero, una dramática historia de depresión, no exenta de cierta dosis de humor. Al parecer, el hombre acostumbraba a aliviar las precarias condiciones de vida de su familia rapiñando algunas de las cosas que ya no iban a necesitar algunos recién fallecidos y acostumbraban a formar parte de la mortaja, especialmente en el caso de las personas más pudientes, que, dicho sea de paso, no eran demasiadas en aquellos tiempos. Pues bien, en una ocasión, después de que el cura pusiera fin con el hisopo a la ceremonia religiosa y antes de que él diera definitiva sepultura al difunto -una persona de las que se decía «de posibles»-, Juan trató de hacerse con el par de zapatos nuevos del finado; pero cuando, tras mucho trajín, consiguió arrebatárselos de los hinchados pies, oyó retumbar como un eco la voz del muerto que le decía: «muchas gracias, Juanico, estos zapatos de estreno me estaban matando y, ahora, me he quedado en la gloria». Contrariamente a lo que podía desprenderse de su conducta anterior, primero sufrió un ataque de pánico y luego cayó en una depresión con un gran componente de ansiedad porque, por una parte, necesitaba guardar su secreto, y por otra, estaba convencido de que, más tarde o más temprano, «la voz de los muertos robados» llegaría a los oídos de las autoridades civiles y eclesiásticas y él perdería no sólo su trabajo, sino la honra de su familia y, sobre todo, el alma. Quien muchas veces se había aferrado a la muerte de los demás para salir adelante en la vida, se dejaba ir abatido y de forma irremediable hacia la suya. Salvador tuvo que armarse de paciencia y echar mano de la promesa de secreto eterno de los buenos confesores, del arte de manejar el diván de los psicoanalistas más experimentados, e incluso del «quita-pesos» desarrollado por el saber popular («las mortajas no deberían tener bolsillos»), para conseguir que Juan aceptara al fin el cabo del salvavidas que le estuvo lanzando durante meses.

Una de las cosas que más contribuyó a engrandecer el aprecio profesional de Salvador por parte de las gentes del pueblo fue su trato con los enfermos. Salvador había aprendido de sus maestros que para realizar una buena historia clínica había que utilizar de forma habilidosa dos instrumentos básicos: la palabra y la silla. Por eso, no dudó en invertir una parte de sus primeros salarios en sustituir el gastado sillón giratorio de rejilla en el que tenía que pasar consulta y las dos incómodas sillas de enea destinadas a los pacientes por tres confortables asientos de brazo; tampoco se pensó dos veces comprar un par de cortinas blancas, con objeto de que la soleada consulta, sin dejar de ser luminosa, no resultara molesta para los enfermos, sobre todo a esa hora del mediodía en la que la luz adquiere toda su violencia. Salvador tenía interiorizada la ligazón que existe entre lo «sagrado» de la palabra pronunciada por el médico y lo «mágico» de lo escuchado por el enfermo y había decidido tomar como modelo de historia clínica las escritas por Sigmund Freud, que no solo estaban llenas de datos clínicos precisos, sino también de párrafos de la mejor literatura. A cada una de ellas él les fue proporcionando su toque personal, más o menos romántico, realista o policiaco, anotando a menudo las frases literales de los pacientes, porque nadie es tan clarividente como el enfermo.

En el aspecto personal, a Salvador le preocupaba ser, o mejor, saber ser, uno mismo durante el tiempo de silencio que le había tocado vivir, conocerse y mostrarse cómo era. Por eso, la misma noche en la que nació su primer hijo decidió escribir un diario a modo de pequeñas crónicas imperfectas, con la intención de hablarle al niño, no de su día a día en Torre Cadima, pero sí de esos pequeños episodios que van marcando las estaciones de una biografía y permiten retratar los momentos importantes de una vida tal como era. El diario tenía algo de carta, que es el retrato en donde uno se siente menos enmascarado, y, al mismo tiempo, le permitía hacer de su *reflexoterapia* mañanera un ejercicio de meditación, aunque sin intención alguna de alcanzar el carácter formal y sentencioso de los aforismos y proverbios o la estética de las greguerías. Salvador quería mostrar las contradicciones encontradas en la búsqueda de sí mismo, pero huyendo del exagerado culto por la verdad, pues de sobra conocía que hay veces que uno no tiene más remedio que apelar a la ficción para explicarse la realidad y que, en ocasiones, la palabra «mentira» resulta imprecisa o la palabra «verdad» se presenta inexacta o incierta. Para Salvador, siempre era preferible mantenerse en la fe de la duda y considerar como auténtica verdad lo que aún no se conoce, pues las cosas y las personas casi nunca son lo que parecen y las evidencias pueden ser engañosas.

Salvador se fue haciendo inasequible al desaliento de escribir, incluso en los días en los que no le resultaba fácil encontrar una primera frase precisa a la que hubieran de seguir las demás o aquellos otros en los que sentía la dificultad de enfrentarse a terminar lo elaborado. Al contrario, la escritura parecía retoñarle con cada nacimiento y los primeros pasos de cada nuevo hijo le procuraban un nuevo impulso para seguir haciendo camino en su particular cuaderno intitulado *Vitácora*. No tenía intención de marcar rumbo alguno, ni de señalar las coordenadas de su sombra, sino simplemente la de sentir y expresar el gozo de buscar. Luego, lo que le movió fue el deseo de dejar algo propio fuera de la fosa común del olvido a la que aboca más pronto que tarde el futuro. En ese «algo», pensaba, podían hacerse presentes en algún momento de su definitiva ausencia esos otros «algo» que tratan de contar, aunque nunca acaben de contarlo del todo, lo que pasa en una vida por insignificante que ésta sea y de dotarla de nombradía.

Sabedor de que el tiempo descuartiza el recuerdo como el atardecer lo hace con la luz, sin que pueda mantenerse inalterado lo expresamente vivido o soñado, cada día, a esa hora en la que escuchaba llegar las claras de la mañana entre el alboroto de los pájaros enramados en el altivo platanero de la plaza, Salvador volvía a la esquina doblada de la página del día anterior y escribía nuevos párrafos, procurando que la mala hierba de la nostalgia no se adueñara del huerto de la memoria y deslegitimara lo que estaba por escribir o lo que quedaría sin escribir. Gracias a este *vidario*, elaborado de la forma más sencilla posible, sin afán alguno de etopeya, pudo dar cuenta de sus 33 primeros años, todos los que fueron una vida entera para Jesús de Nazaret o para el gran Alejandro, 33 años en los que consiguió ser «profeta en su tierra». También pudo contar los otros muchos días que siguieron hasta su jubilación, ejerciendo de «médico de cabecera a los pies de los enfermos», así como los dedicados al jubileo..., hasta llegar a los 82 abriles con los que cerró el milenio, aunque estas nuevas páginas de su «Cuaderno de Vitácora» quizás necesitan otra Voz.

ÍNDICE

Este Libro, Escrito por
José Ramón Cantalejo, Pedro Felipe Granados,
Remedios Martínez Anaya y Pepe de Piedad,
se Acabó de Imprimir
el Día 25 de Julio de 2024,
Efemérides del Apóstol Santiago,
Patrón de España,
en la Imprenta Gráficas «La Madraza»
de Albolote (Granada)

LAVS DEO